光文社文庫

文庫書下ろし／長編時代小説

油堀の女

剣客船頭(十六)

稲葉　稔

光　文　社

この作品は光文社文庫のために書下ろされました。

『油堀の女』

目次

小石川
白山
伝通院
神明宮
中山道
駒込
小石川御門
水戸徳川家
春日町
水道橋
千駄木
御林
駒込追分
加賀前田家
本郷
道灌山
日暮里
霊雲寺
湯島天神
池之端仲町
不忍池
弁天
神田大明神
明神下
妻恋坂
御数寄屋町
根岸
谷中本村
外神田
下谷広小路
東叡山寛永寺
下谷金杉町
御徒町
下谷山崎町
向柳原
三味線堀
広徳寺
幡随院
下谷竜泉寺町
元鳥越町
甚内橋
千住大橋
阿部川町
新吉原
御蔵前片町
新堀川
日本堤
新旅籠町
東本願寺
御蔵前通り
御蔵前
首尾の松
御米蔵
浅草寺
小塚原
浅草広小路
田原町
三間町
山谷町
御厩河岸之渡し
諏訪町
駒形町
並木町
雷門
新鳥越町
新鳥越橋
花川戸町
日光道中
山谷堀
浅草駒形堂
竹町之渡し
吾妻橋
今戸橋
今戸町
白鬚之渡し
源森橋
竹屋之渡し
中之郷瓦町
源森川
向島墨堤
長命寺
三囲稲荷
木母寺
隅田村
北割下水
小梅村
須崎村
寺島村
法恩寺橋
業平橋
小梅村
天神橋
押上村
十間川
亀戸天神

麹町
番町
千鳥ヶ淵
半蔵御門
田安御門
虎之御門
西之御丸
新シ橋
外桜田御門
雉子橋御門
和田倉御門
江戸城
一橋御門
猿楽町
幸橋
南町奉行所
土橋
北町奉行所
富士見坂
汐留橋
数寄屋橋御門
呉服橋御門
常盤橋御門
神田橋御門
竜閑橋
昌平橋
鍛冶町
水谷町
京橋
数寄屋町
平永町
今川橋
木挽町
松村町
平松町
日本橋
室町
魚河岸
内神田
和泉橋
佐久間河岸
神田相生町
西本願寺
三十三間堀
楓川
中之橋
大伝馬町
小伝馬町
神田川
福井町
真福寺橋
南八丁堀
弾正橋
海賊橋
荒布橋
亀井町
柳原土手
神田佐久間町
水谷町
八丁堀組屋敷
坂本町
江戸橋
堀江町
通油町
中之橋
八丁堀
思案橋
長谷川町
富沢町
馬喰町
横山町
稲荷橋
小網町
日本橋川
汐見橋
通塩町
両国広小路
浅草橋
船松町
一ノ橋
千鳥橋
栄橋
米沢町
高橋
新川
南新堀町
箱崎町
崩橋
行徳河岸
浜町堀
茅町
霊岸島
佃島
二ノ橋
行徳川
薬研堀
第六天
柳橋
両国橋
永久橋
石川島
永代橋
下之橋
大川
尾上町
熊井町
田中橋
今川町
大川端
万年橋
新大橋
一ツ目之橋
元町
回向院
佐賀町
上之橋
松井町
相生町
御竹蔵
千鳥橋
大島町
三蔵橋
一色町
黒江町
油堀
万年町
海辺大工町
六間堀
要津寺
永代寺門前
山本町
越中島
猪口橋
富岡橋
海辺橋
高橋
中ノ橋
山城橋
松井橋
二ツ目之橋
仙台堀
深川
深川元町
弥勒寺橋
南割下水
蓬莱橋
富岡八幡宮
浄心寺
小名木川
五間堀
本所
霊巌寺
亀久橋
竪川
雲光院
芝翫河岸
吉岡橋
吉永町
三ツ目之橋
洲崎
木場
新高橋
入江町
長崎町
大横川
南辻橋
新辻橋
猿江橋
亀戸村
長崎橋
西
北
東
南
四ツ目之橋
猿江町
御材木蔵
清水橋
横十間川
0
1km

主な登場人物

沢村伝次郎 元南町奉行所定町廻り同心。辻斬りをしていた肥前唐津藩士・津久間戒蔵に妻子を殺される。そのうえ、探索で起きた問題の責を負って自ら同心を辞め船頭になる。

千草 沢村伝次郎が足しげく通っている深川元町の一膳飯屋「めし ちぐさ」の女将。

音松 沢村伝次郎が同心時代に使っていた小者。いまは、深川佐賀町で女房と油屋を営んでいるが、このところ伝次郎の探索を手伝うことが多くなっている。

お万 音松の女房で深川佐賀町の油屋を実質的に切り盛りしている。

又蔵 音松の近所の青物屋の亭主。

加藤祐仙 深川三間町の医者。伝次郎が信頼している。

進藤甲兵衛 伊予吉田藩の足軽。りつの夫。

りつ 伊予吉田藩士・進藤甲兵衛の妻。

松本徳太郎 進藤甲兵衛と親しい伊予吉田藩士。

桜井鉄之助 小普請の旗本。家禄は五百石。

長谷部玄蔵 北町奉行所の定町廻り同心。

亀五郎 長谷部玄蔵の小者。

勘助 長谷部玄蔵の小者。

源右衛門 思案橋の近くにある大店の線香問屋・伊勢屋の主。

お菊 伊勢屋源右衛門の女房。

笠井信三郎 浪人崩れの与太者。

お吟 信三郎と懇意にしている女。

粂蔵 賭場を開いたりしている親分。

剣客船頭㈩

油堀の女

第一章　疫病神

一

満々と水を湛《たた》えた大川《おおかわ》は、ゆったりとうねっていた。巨大な魚が水面下を泳いでいて、いまにもその姿を水上にあらわすのではないかと、不確かなことを想像させられた。

雪が降っている。

そんな天気のせいか、大川に舟は見られなかった。さきほど一艘《そう》の筏舟《いかだぶね》が下っていったきりだ。対岸の大川端は雪におおわれていて、その先の町屋は雪に烟《けぶ》っていた。

店の前に立ってそんな景色を眺めていた音松《おとまつ》は、吸っていた煙管《キセル》の雁首《がんくび》を、掌にぽんと打ちつけ、赤い火玉をコロコロ転がして、ふっと吹き飛ばした。

「あんた、いつまでそんなとこに突っ立ってんだい。風邪引いちまうよ」

女房のお万《まん》が戸障子を開けて声をかけてきた。

「これじゃ商売あがったりだ。閉めちまうか」

音松は手ぬぐいで雪を払いながら店の中に戻った。

「なにいってんだい。閉めたってやることないじゃないのさ。開けておいたって、変わりゃしないだろ」

「そういわれりゃ、そうかもな……」

音松は丸火鉢の前に、小太りの体を据えて自分で茶を淹《い》れた。

小さな油屋を営んでいた。店の名は、自分の名前と同じ「音松」である。扱っているのは主に髪油で、店のことはほとんど女房のお万にまかせきりといっていい。

商売は悪くもなくよくもないが、夫婦水入らずの二人暮らしなので、食うに困らない程度の収入はあった。

音松は茶を飲みながら、帳場に座って帳面をめくりはじめたお万を眺めた。自分

も太ってはいるが、

(この野郎、また太ったんじゃないか)

と思った。とくに腰から下の肉が豊かで、大きな尻をしていた。

「やむかな……」

音松はぼんやりした顔でつぶやいた。

「そんなのお天道様《てんと》に聞いておくれ」

お万はパチパチと算盤《そろばん》をはじきはじめた。

「可愛げのねえことをいいやがる」

音松はふうとため息をついた。そのとき、ごめんよといって店にやって来たものがいた。又蔵《またぞう》という近所の青物屋《あおもの》の亭主だった。

「なんだ、又蔵さんか……」

お万がいえば、音松も、

「又蔵さんか……」

と、期待外れの声を漏らした。

「なんだよ二人して、そんないい方ねえだろう」

「こっちは客だと思ったからさ」

お万はそういって、また算盤仕事に戻った。

「なにかありましたか」

音松が聞くと、それがあるから来たんだよ、と又蔵は這うようにして音松のそばにやってきた。

「戻って来やがったんだ」

又蔵は眉間にしわを寄せて音松を見る。いつにない真顔である。

「戻って来たって誰がです？」

「あんたらは知らないだろうが、浪人崩れの笠井信三郎《かさいしんざぶろう》って与太者《よたもの》だよ。ひでえ男でねえ。気に入らねえことがあると、すぐ人に嚙みつく性悪《しょうわる》な男さ。五年ばかり前にひょいと姿をくらまして、みんな胸を撫《な》で下ろしていたんだ」

又蔵は町内のことだけでなく、江戸中の噂を拾ってしゃべる男だ。それは人づてに聞いたことがほとんどなのだが、尾ひれをつけておもしろおかしく話すのだった。

「へえ、町の厄介者《やっかいもの》だったんだ」

「厄介も厄介ってもんじゃなかったよ。だけど、いなくなったときは、誰かに殺されちまったんだとか、御番所《ごばんしょ》の世話になってるんだとか、いろいろ噂をしていたんだ。それで一年も二年も帰ってこねえ。こりゃあいよいよ、どっかでおっ死《ち》んじまったか殺されたんだろうって噂していたんだ。だけど、そんな噂もそのうちしなくなって、すっかり信三郎のことなんざ忘れていたんだけど、ひょっこり戻って来やがった。まったくどうなることやら、困った困った」

又蔵は言葉どおり困り顔で腕を組む。

「困ったっておっしゃるけど、そんなにひどい男ですかい……」

音松は興味津々《しんしん》の顔を向ける、帳場にいるお万も仕事をやめて、又蔵を見ていた。

「ああ、ひでえ男さ。機嫌が悪いとすぐに怒鳴り散らすわ、物は壊すわ。そりゃ手のつけられない暴れようでね。相手がやくざだって恐れやしないんだ。もとは浪人で刀を持ってるから、半端《はんぱ》なやくざもんは怖がっちまうんだ。町で喧嘩騒ぎがあると、また信三郎だろうっていってたぐらいだからね」

「そんな荒くれだったら、御番所の世話になってんじゃないですか」

「一度や二度じゃないよ。だけど、なぜかすぐに放免《ほうめん》されるんだ」

「そりゃあ喧嘩両成敗とか、相手を傷つけていなかったからじゃないですか」

音松はもとは町方《まちかた》の小者《こもの》をやっていた男である。少なからず町奉行所のやり方は知っている。

「まあ、その辺のことはよくわからねえけど、面倒なことになった」

はーっと、又蔵は深いため息をつく。

「悶着《もんちゃく》を起こさなきゃいいじゃないですか」

「起こさないわけがないよ、あの男のことだ。こりゃあまたゴタゴタが増えるよ。触らぬ神に祟《たた》りなしでいられりゃいいが、なにせ揉め事を作ることにかけちゃ天才だからね」

「で、どこに住んでるんです？」

「それだよ、それ」

又蔵は顔を近づけて言葉をつぐ。

「佐賀《さが》稲荷裏の金作《きんさく》長屋だよ。どうやってあの長屋に入ったのか知らねえが、家主の金作さんは、代替わりしたばっかりで信三郎のことを知らねえから、すんなり家を貸したらしいんだ。店賃《たな》が取れるかどうかわからねえっていうのに……」

「金作長屋だったら、すぐそばじゃないですか」

音松は目をぱちくりさせて、

「で、いまどこにいるんです？」

と聞いた。

「今川町《いまがわちょう》の飯屋で酒飲んでるよ。雪見酒のつもりなんだろう」

「ちょいと顔を見ときましょうか」

「あんた、およしよ。そんな男に関わるこたァないじゃないのさ」

お万が慌てた顔をしていった。

「顔でも見ておかなきゃ、こっちだってわからねえだろう」

「だったらわたしが案内しよう。いっておくけど、顔見るだけにしときなよ」

又蔵はやんわり忠告する。

「わかってますよ」

二

笠井信三郎が酒を飲んでいるという店は、仙台堀《せんだいぼり》に面した今川町にあった。松永《まつなが》橋のすぐそばである。吹きつける雪で、店の縄暖簾《なわのれん》が白くなっていた。

「これじゃいるかどうかわかりませんね」

音松は又蔵を振り返った。店の戸は閉まっているし、格子窓も閉められている。中にどんな客がいるかはわからない。

「それじゃ店に入ってみるかい。あたしゃ遠慮するけどよ」

又蔵は尻込みしながらいう。

「ちょうど腹も減ってるんで、ちょいと入ってみましょう」

「気をつけなよ」

音松はそのまま戸障子を開けて、店に入った。大年増《おおどしま》の女中が「いらっしゃいませ」といったが、その声には遠慮するような暗いひびきがあった。

八畳ほどの入れ込みがあるだけで、客はひとりだった。

おそらくそれが笠井信三郎だろう。音松をちらりと見て、ぐい呑みを口に運んだ。板場のそばに痩せた年寄りの女がいるが、戦々恐々といった体《てい》である。亭主の女房だ。

「なんになさいますか……」

「蛤《はまぐり》と酒をもらおうか。冷えるな」

音松が注文をして手をこすり合わせると、女中は気を利かせて手焙《てあぶ》りをそばに持ってきた。すぐにお持ちしますという。その声も遠慮がちだった。

おそらくそれまでいた客は、信三郎を恐れて引き払ったのかもしれない。

音松は背を向けて座っている信三郎を見た。櫺子《れんじ》窓のそばで静かに酒を飲んでいる。なにかもの思いに耽《ふけ》っているようだ。

板場のそばを見ると、店の女房と女中が低声《こごえ》で言葉を交わしていた。それからすぐに、音松に酒と蛤が届けられた。蛤は葱《ねぎ》と酢味噌と酒で和《あ》えられたぬただった。

「静かで、いい雪見酒だ」

信三郎が突然声を漏らして、窓を小さく開けた。寒風といっしょに雪が吹き込んできた。

「いい酒だ」

信三郎はもう一度独り言をいって窓を閉めた。それから酒と肴《さかな》の載った折敷《おしき》を動かして、音松に体を向けた。そのままじっと見てくる。

又蔵の話から、もっといかつい男だと思っていたが、そうではなかった。無精《ぶしょう》ひげを生《は》やしているが、面長《おもなが》でキリッとした眉に二重瞼《まぶた》の整った顔立ちだった。顔の印象から華奢《きゃしゃ》に見えるが、のぞく手足には無駄な贅肉《ぜいにく》がなく、均整の取れた体つきだ。

そばに大刀を置いているが、脇差《わきざし》は持っていなかった。

「近所のものか……」

ふいに声をかけられた。音松はへえ、と返事をする。

「昔はいなかったな。見ねえ顔だ。新参か？」

「三年ばかり前にこっちで商売をはじめまして……」

「なにをやってる？」

「油屋です」

「そうかい。おれは五年ぶりにこの町に戻って来たんだが、やっぱり、深川《ふかがわ》はいい。おい、こっちに来ていっしょにやらねえか」

信三郎が誘いかけてきた。音松が板場のほうを見ると、主《あるじ》の顔がのぞいた。まずいなという顔をしている。二人の女も顔をこわばらせていた。

「おい、名はなんという？」

信三郎は酒を口に運びながら、音松に目を据えた。

「音松と申しやす」

「おれは笠井信三郎だ。知ってて損はねえはずだ。こっちに来な。これもなにかの縁だろう。いっしょに雪見酒だ」

まさかこうなるとは思っていなかったから、音松は躊躇《ためら》った。

「せっかくのお楽しみのところを、お邪魔しては申しわけないです。あっしはこれを飲んだらすぐに帰りますから」

「遠慮することァねえさ。おい、酒を持ってこい！」

信三郎は急に大きな声で女中にいいつけた。いわれた女中はビクッと背を伸ばして、逃げるように板場に入った。

「音松、なにしてやがる、こっちに来いっていってるのが聞こえねえのか」

「あ、はい」

音松は返事をすると、酒と肴を持って腰をあげた。

(こうなったら付き合うしかねえだろう。まさか殺されるわけじゃないから……)

肚《はら》をくって信三郎の前に座る。

「油屋をやってるといったがどこでやってんだ？」

「中之橋《なかのはし》のそばで細々とやっていやす」

「この雪だ。商売あがったりだろう。表を歩いてる人間も少ねえからな」

「へえ……」

音松は手酌で飲んだ。

そこへ新しい酒が届けられた。すると、徳利を置いた女中の尻を、信三郎がするっと撫でたので、きゃあと、女中がびっくりした声をあげた。

「驚くんじゃねえよ。小娘じゃあるめえし。ちょいと触っただけじゃねえか。ワハハハ」

ビクビクして下がる女中を見て、信三郎は大声で笑った。

「大年増の婆《ばばあ》のくせに。ま、ひとつまいろうじゃねえか」

音松は黙って信三郎の酌を受けた。

「おい、音松、おれの顔をよく覚えておきな」

信三郎は息がかかるぐらい顔を近づけてきた。そして、人を射竦《いすく》めるような眼光で見つめてきた。何度も修羅場《しゅらば》をくぐっている音松だが、尻の穴がむずむずした。

「へえ」

「おれの噂を聞いても信じるんじゃねえぜ。この辺の町にはおれを毛嫌いしているやつが腐るほどいる。昔、散々迷惑をかけまくったからしかたねえが、人間てェやつァ変わるときは変わるんだ。なあ、そうだろう、そう思わねえか」

「そうですね。あの、笠井さんはどんなお仕事をなさってるんで……」

「仕事、そんなもんしちゃいねえさ。気ままなその日暮らしよ」

信三郎はそういうと、さっと板場のそばに立っている女中と店の女房を見た。

「おい、心配するな。鳥目《ちょうもく》（金）はちゃんとこうやって持ってるんだ」

懐《ふところ》から財布をつかみ出すなり、膝許《ひざもと》にジャラジャラとこぼした。一分《ぶ》金と一朱《しゅ》銀ばかりだったが、五両以上はありそうだった。

「音松、仲良く飲もうじゃねえか」

信三郎はそういうと、愚にもつかないことを勝手にしゃべり、半刻《はんとき》（一時間）ほどで眠くなったといってごろりと横になった。これはいい潮《しお》だと思った音松は、

「あっしは先に帰りますんで……」

と、断ったが、信三郎はすでに鼾《いびき》をかきはじめていた。

三

「あら、雪がやんでますわ」

襟《えり》をかき合わせて戸口を開けた千草《ちぐさ》が、振り返っていった。

「やっとやんだか」

沢村伝次郎《さわむらでんじろう》はホッとしながら応じた。

数日降りつづいた雪のせいで仕事ができなかった。商売をやっている千草も、この雪では客足も鈍《にぶ》いからと二日ばかり休んでいた。

「どうされます。今日は仕事に出ますか？」

腰高障子《こしだか》を閉めて千草がそばにきた。

「様子を見て考えよう。しかし、雪がやめば出歩く人も増えるはずだ」

「それじゃ今日は、先にわたしを送ってもらおうかしら」

その行き先は日本橋《にほんばし》の魚河岸だった。千草は「めし　ちぐさ」という料理屋をやっている。看板は飯屋だが、そのじつ小料理屋と同じで酒も提供していた。千草は店を二日も休んでいるので仕入れが必要なのだ。

「お安いご用だ。そうなると、今日は仕事に出るってことだな」

「あなたもね」

千草はふっと口の端に笑みを浮かべて、台所に立った。

それまで二人は距離を置いた関係を保っていたが、去年の暮れ、ついにひとつ屋根の下で暮らすようになった。

住まいは伝次郎が前から借りている、松井町《まついちょう》一丁目の福之助店《ふくのすけだな》だった。二間《ま》つづきの家で、ひとり暮らしのときには持てあまし気味だったが、千草が越してきて急に所帯道具が増え、狭く感じるようになった。

伝次郎は火鉢にあたりながら、朝餉《あさげ》の支度をする千草の後ろ姿を眺めた。小気味よく体を動かすその姿は、すっかり世話女房である。店では気《き》っ風《ぷ》のいい姐《あね》ご肌を客に見せたりするが、家では慎ましい女になる。もともと御家人《ごけにん》の娘だったから、武家の行儀作法は心得ている。姐ご肌は死に別れた亭主が気の荒い指物師《さしもの》だったせいだろう。

朝餉の支度が調《ととの》う間に、伝次郎は仕事着に着替えた。股引《ももひき》に腹掛け半纏《ばんてん》がいつものなりだが、それだけでは冬場の寒さをしのげないので、河岸半纏の代わりに褞袍《どてら》を着込んで船頭仕事に励む。ときに着物を着流すが、そのときは尻端折《しりっぱしょ》りをして襷《たすき》をかける。

「昨日までの雪が最後なら、ほんとうに春の訪れね」

千草が味噌汁をわたしながらいう。

「うむ、もう寒いのは勘弁だ」

「まったくですわ。はい、ご飯」

伝次郎は湯気の立つ飯碗を受け取り、箸をつける。味噌汁の具は大根。それに高菜《たかな》の浅漬け、そして鯖《さば》の味噌煮がおかずだった。

伝次郎は飯を二度お代わりした。船頭仕事は体力が勝負である。それに寒さに耐えるために十分食べておく必要があった。

朝餉を終えた二人は揃って長屋を出た。雪が積もっているので千草は高下駄だ。通りのあちこちで雪掻きをしている町の者たちがいた。屋根に積もった雪は朝日に照らされて溶けはじめており、庇《ひさし》からしずくが落ちていた。

舟は六間堀《ろっけんぼり》に架かる山城橋《やましろ》のそばに置いている。雁木《がんぎ》にも雪が積もり、そして舟にも雪が積もっていた。伝次郎は舟に積もった雪を千草に手伝わせて取り除き、それから舟を出した。

「真っ白ね」

千草が堀川の両岸を眺めながらいう。商家や武家屋敷の屋根に積もった雪は、朝日を受けて輝いていた。晴れたので鳥たちの声もする。雪の間ひっそりしていた河岸道にも人の姿が目立つようになっていた。

伝次郎はゆっくり猪牙《ちょき》を進める。舳《みよし》が静かに水を切り、両側に波紋を広げてゆく。

「千草、手焙りに火を入れてくれ」

「はい」

手焙りは客のためを思ってのことであるが、客待ちをしている間に伝次郎が暖を取るためでもあった。しかし、春めいた陽気が増せば、それもいらなくなる。

小名木川《おなぎ》に出ると、そのまま万年橋《まんねん》をくぐって大川に出た。対岸の町屋も白く雪化粧していた。雪が降っている間、川に舟は見られなかったが、今朝はいつものように猪牙舟や荷舟などが行き交っている。上流からやってくる高瀬舟もあった。

「音松さん、近頃見えないけど、お元気かしら」

千草が佐賀町のほうを眺めながら、つぶやくようにいう。

「やつのことだ。元気だろう」

伝次郎は棹《さお》を右舷から左舷に移し、三《み》つ叉《また》から箱崎《はこざき》川に入った。崩《くずれ》橋をくぐると、そこは日本橋川だ。その川には舟が多かった。魚河岸に向かう漁師舟や、荷を下ろした空の舟がそのほとんどだ。

小網町《こあみちょう》の河岸地に建つ白漆喰《しっくい》の蔵が、川面の照り返しを受けて目にまぶしかった。

伝次郎は荒布《あらめ》橋のそばで千草を降ろした。

「気をつけてくださいな」

「ああ、わかってるよ」

陸《おか》に上がった千草に応じた伝次郎は、そのまま舟をまわして日本橋川を下った。このあたりは、他の船頭の縄張りである。へたに舟待ちをすると、文句をいわれかねない。それに町奉行所の与力同心《よりきどうしん》の住まう八丁堀が近くにある。

町奉行所を辞し、船頭に身をやつしている手前、知った顔にはあまり会いたくないという思いもあった。

大川に戻ると、岸辺沿いに川を上った。上りは流れに逆らうので、櫓《ろ》に切り換える。ぎっしぎっしと櫓が軋《きし》むたびに、伝次郎の二の腕の筋肉が盛りあがる。

大橋（両国橋《りょうごくばし》）をくぐり抜けると、神田川《かんだ》に入った。そのまま猪牙を上らせ、佐久間《さくま》河岸で猪牙を舫《もや》った。和泉橋《いずみ》にほど近いところで、ときどき客待ちをする場所である。

手焙りにあたりながら、煙管をくゆらせていると、行商人から「空いていますか」と声がかかった。

「へえ、どうぞ」

職人言葉で応じる伝次郎は、客が足を踏み外さないように猪牙をぴったり岸に寄せる。

「どこまでやります？」

「山谷《さんや》堀まで行ってもらえますか」

腰の低い行商人だった。背負った荷物をおろすと、

「舟賃はいかほどでしょうか？　いえ、滅多《めった》に舟を使わないもので……」

と、さも人のよさそうな顔を向けてくる。

「百四十文で結構です」

気持ちのいい客には安くする伝次郎だ。和泉橋から山谷堀までなら、おおむね百五十文が舟賃の相場だった。

「それじゃ出しますよ」

伝次郎は櫓床に片足をのせて、川岸を棹で突いた。猪牙がすうっと静かにすべる。

その日の仕事はじめだった。

四

「もう雪は懲《こ》り懲《ご》りだけど、やっともとに戻ったねえ」

帳場に座って蒸《ふ》かし芋を頬ばりながらお万がいう。

「ああ」

音松は気のない返事をして、戸を開け放している表を眺めた。大雪が降って二日たっていた。泥濘《ぬかる》んだ地面もようやく乾きつつあり、日あたりの悪い場所をのぞけば、各家の屋根に積もった雪もほとんど溶けていた。

「これで梅の花が咲くんじゃやないかねえ」

お万は暇にあかせて独り言のようなことをいって、ズルッと音を立てて茶を飲む。

「そうだな」

音松は吸っていた煙管を煙草盆に戻して、ちらりとお万を見た。文机《ふづくえ》に頬杖をついて表を眺めていた。雪がやんでいつものように客が来るようになった。商売繁盛とまではいかないが、人並みの暮らしは成り立っていた。

それにしても油屋をやるとは思いもしないことだった。それもお万と知り合ったからかもしれない。いやいや、その前に旦那に会ったからか……。

旦那というのは、船頭の沢村伝次郎のことだ。その伝次郎に会ったのは、もうずいぶん前のことだった。当時は南町奉行所の定町廻《じょうまちまわ》り同心で、掏摸《すり》だった音松がもっとも注意をしなければならない相手だった。

出会ったときのことを、音松はいまも忘れることができない。

それは、音松が日本橋の通りを流しているときだった。人の往来は引っ切りなしで、人混みに紛れての〝稼ぎ〟は悪くなかった。いい気になって油断をしていたのか、ある男の懐中に目をつけて擦れちがい様に、財布を盗もうとしたそのとき、誰かにガッと伸ばしかけた腕をつかまれた。

相手の手を振りほどこうとして、ギョッとなった。町方の同心だったのだ。

「精が出るな」

町方は口の端に余裕の笑みを浮かべていった。

「放してくだせえ」

「そうはいかねえさ。ま、こっちに来な」

町方は見るからに頑丈な体をしていて、自分の腕をつかんでいる手の力も相当だった。振りほどこうとしてもビクともしない。抗《あらが》うのは無駄だとすぐに観念した。

連れて行かれたのは、日本橋にある高札場《こうさつば》そばの茶屋だった。

「まあ、これへ」

町方は自分の隣に座れといった。腕はつかまれたままだ。逃げようがない。

「おまえ、どこを縄張りにしてる?」

「ヘッ、どこって……」

「ほうぼうでおまえの面を見るんだ。どうやら手広くやっているようだな。昨日は上野《うえの》、その前は浅草《あさくさ》、今日は日本橋……さぞや市中のことに詳しいだろう。ああ、おれは南番所の沢村伝次郎というが、おまえの名は？」

自らを名乗った伝次郎は、すうっと涼しくも厳しい目を向けてきた。肝の据わった顔つきで、威嚇《いかく》しながらも人を包み込む雰囲気があった。

「音松といいやす」

「いい名だ。音松か……」

伝次郎はそういったとたん、音松の手を放したと思ったら、あっという間に懐の財布を抜き取っていた。その日、音松が他人から掏《す》り取ったものだった。その数五つ。ひとつの財布には十二両という大金が入っていた。

伝次郎はそれをたしかめると、

「いい稼ぎだな。だが、このままだとおまえはあそこで晒《さら》されることになる。十両盗めば首が飛ぶことぐらい知っているだろう」

伝次郎は一方を見ていった。高札場のそばには晒し場がある。

「あ、あっしは……」

音松はふるえあがっていた。

喉がからからになり、うまく声を出すことができなかった。

「あっしはなんだ？　やってねえというか。おまえをあそこに晒すことなんざわけねえことだ。おまえが掏るのをその場で押さえ、そして証拠もある。逃げるなら逃げてもいいぜ。どうする？　だが、おれは逃がしゃしない」

伝次郎は腰の大刀に手をやると、すっと鯉口《こいぐち》を切った。そんなことを見せられて逃げられるものではない。

「勘弁してください。もう決してやりません。これこのとおりです。どうか、どうかご勘弁を。お、お願いしやす、お助けください」

音松は人目を憚《はばか》ることなく、土下座をして必死に許しを請《こ》うた。

「頭を上げて立て」

「へっ、へえ……」

音松が立ちあがると、伝次郎はまたここに座れと、自分の隣へうながした。もういわれるままにするしかない。逃げたら斬られる。斬られなくてもすぐに捕まる。

それに逃げられそうにもない。音松は伝次郎の得《え》もいわれぬ迫力に、すっかり呑まれているのだった。

伝次郎の隣に座ると、肩や腕や背中をぽんぽんたたかれた。

「いい体をしている。腕っ節もいいだろう」

「…………」

「おまえは人の懐を漁《あさ》るためにほうぼうを歩きまわっている。それだけ市中に詳しいはずだ。どこにどんな店があり、どこにどんな人間が出入りしているか、いつどこで賭場《とば》が開かれるか……そうだな」

「ま、まァ……」

「馬道《うまみち》に茶屋がある。そこにお万という娘がいる。おまえとは懇《ねんご》ろのようだが、このままだとそのお万も泣かせることになる」

音松は声もなく目をみはって驚いた。どうしてこの旦那は、おれのことをそこまで知っているんだ。

「旦那、あっしのことを尾《つ》けていたんで……」

そう思わずにはいられなかった。

「ケチな掏摸を尾けたりするか。だが、おれの行く先々でおまえを見かけるんだ。さっきもそうだった。ひょっとすると、これもなにかの縁かもしれねえ」

「……縁」

「どうだ、お万のためにも、おまえのためにも足を洗っておれにつかねえか」

「は……」

音松は口を半開きにした。

「ひょ、ひょっとしてお目こぼしを……許してくださるんで……」

「明日の朝、南御番所の前で待っていろ。もし、おまえが来なかったら、草の根わけてもおまえを探しだし、獄門台に送ってやる」

伝次郎はそういうと、ゾクッとするような視線を向けてきた。

「わかったな」

「へッ、へえ」

音松が答えると、伝次郎はすっくと立ちあがり、振り返りもせずに人混みの中に消えていった。

「あんた、あんた」

お万の声で音松は現実に引き戻された。

「なんだ」

音松がお万を見ると、戸口のほうを目配せした。

「ここだったか。いい店じゃねえか」

そういって入ってきたのは、笠井信三郎だった。

五

「こりゃ笠井さん……」

音松は顔をこわばらせて信三郎を見た。

「夫婦でやってんのか？　小僧はいないようだな」

信三郎は店の中をぐるりと見まわしてから、音松の座っている上がり框《かまち》に腰をおろした。

「見てのとおりの小さな店なんで、二人で間に合ってんです」

「……のようだな」

答えた信三郎は、土間に置かれている髪油の壺を眺め、帳場横に置かれている油の入った小ぶりの壺を指先ではじき、鬢付《びんつ》け油を手に取って匂いを嗅いだ。それからゆっくり音松に顔を向けた。

「おまえ、この前おれが寝てる間に帰ったな」

「へえ、邪魔しちゃ悪いと思いましたんで……」

「気に食わねえ」

「は……」

「気に食わねえといってんだ！」

いきなりの怒声に、音松はビクッと身を引いた。お万もびっくりして、一瞬、目をつむっていた。

「ちょいと肩ぐらいたたいて、先に帰りますってぐらいの挨拶があってもよかったんじゃねえか。それを黙って帰りやがって……」

「そ、それは失礼しました」

「せっかく楽しく飲んでいたんじゃねえか」

信三郎は穏やかな声に戻していう。

「まあ……」

「今度あんなことしたら、ただじゃおかねえからな。よく覚えておけ」

「は、はい」

「別に怒ってるわけじゃねえんだ。また楽しく飲もうじゃねえか」

「へ、へえ」

「女房か……」

信三郎はお万を見た。お万はかたい表情でこっくりとうなずく。

「亭主が肥えてりゃ、女房も肥えてやがる。似たもの夫婦ってやつだな」

ワハハハ、と信三郎は笑いながら立ちあがった。

「おい音松、近所に越してきたんだ。仲良くしてくれよ。今度は誘いに来るから、また飲もうじゃねえか」

「あ、はい」

ねばつく視線を音松に向けた信三郎は、懐手《ふところで》をしてそのまま店を出て行った。

「……あんた、あれが信三郎って人だろう」

信三郎の気配がすっかり消えてから、お万が顔を向けてきた。

「そうだ。噂どおりの面倒な浪人のようだ。塩でも撒《ま》いておくか……」

音松がそういって立ちあがると、お万が心配顔を向けてくる。

「誘いに来るようなことをいってたけど、関わらないほうがいいんじゃないか」

「関わりたかァねえさ。こっちから願い下げだ」

「だけど、誘いに来たらどうするのさ。断れるかい」

「適当な口実を作って断るよ。心配するな」

「又蔵さんも気をつけろっていってたじゃないのさ」

「わかってるよ。しつこくつべこべいうんじゃねえよ」

音松は台所に行って、塩をひとつかみすると、そのまま店の表に出て撒いた。


その日の夕方だった。

腰高障子が西日に炙《あぶ》られはじめた頃、またもや信三郎がひょっこりやってきた。

鬢付け油の在庫整理をしていた音松は、

「なにかご用で……」

と、信三郎を振り返った。

帳場に座っているお万が、迷惑そうな顔で目配せをしてくる。

「なにかご用じゃねえよ。飲みに行こうと思って誘いに来たんだ。暇そうじゃねえか。どうだ、付き合ってくれねえか」

「いや、まだ仕事が片づいていないんで……」

なあ、と音松は相槌をお万に求める。

「そうなんです。いろいろ仕入れ物がありましたから、すぐには終わらないんです」

お万はうまく話を合わせるが、信三郎はおもしろくない顔でチッと舌打ちをして、表に向けた顔をすぐに戻した。

「もう日が暮れる。店仕舞いまでそうかからねえだろう。それじゃ音松、おれは先に行って待ってるから。あとで来な」

「あとでって……」

「田中橋《たなか》のそばに尾張屋《おわり》って小料理屋があるだろう。そこで待ってる。なあに、金のことは心配いらねえ」

信三郎はそういって、自分の胸をぽんとたたいて姿を消した。

音松はお万と顔を見合わせた。

「あんた、どうするんだい？」

「どうするって……行かねえわけにはいかないだろう。待ちぼうけ食わせたらどうなるかわからねえからな。それにしても、おれもあの日、顔など見に行かなきゃよかった」

音松は「はあ、あー」と、ため息をつく。

六

気乗りしない音松は、自分の店を出ると、中之堀《なかのほり》沿いに歩いた。田中橋は中川町《なかがわちょう》と富田町《とみたちょう》をつなぐ橋で、そのすぐそばに尾張屋はあった。

店の掛行灯《かけあんどん》が、通り過ぎた女の白い顔を浮かびあがらせた。その女とすれちがった音松は、尾張屋の前までくると、一度息を吸って吐きだした。適当に付き合ったら、そうそうに帰るつもりだ。お万もそうしろといった。

怒鳴り声がしたのは、音松が店の戸に手をかけようとしたときだった。

「なんだと、もういっぺんいってみやがれッ！」

信三郎の声だった。

「なにもいってねえですよ」

「おれにはちゃんと聞こえたんだ！　信三郎がどうのといっただろう」

声と同時になにか割れる音がした。それに小さな女の悲鳴が被《かぶ》さった。

音松はガラリと戸を開けた。ひとりの職人風の客が、こわばった顔で壁に背中を張りつかせていた。店の若い女が竦《すく》みあがっていて、店の主が板場から出てきたところだった。

信三郎は片膝を立て、腕まくりをして職人風の客をにらみつけている。

「おれがどうしたってんだ！　やい、いってみやがれ」

「な、なにもいってませんよ。ほ、ほんとです」

職人風の客は逃げ腰で、土間に下りようとしている。

「なにがあったのか知りませんが、やめてくれませんか。お願いです」

板場から出てきた主がねじり鉢巻きを取って、信三郎と職人風の客の間に入った。

「喧嘩なんかしたかねえが、この野郎が気に食わねえことをいうからだ」

「左久次《さくじ》さん、なにがあったのか知らねえが、あんた謝りなよ」

主は客の名を呼んでそういう。

「すまねえです。悪気もなにもなかったんです」

「おい、てめえは左久次っていうんだな」

信三郎は主の肩越しに左久次をにらみ据える。

「謝るってことは、おれになにかいったからだろう。いってえ、おれになんていったんだ」

信三郎はそういうなり、主を押しのけて左久次に飛びかかり、首根っこをつかまえて押さえつけ、

「いえ、いわねえか！」

と、鬼の形相《ぎようそう》で怒鳴る。

「笠井さん、笠井さん、やめてください。なにがあったのか知りませんが、乱暴はいけません。落ち着いてください」

見るに見かねた音松は、入れ込みに飛びあがるなり、信三郎を背後から抱くよう

にして宥《なだ》めた。信三郎は体を揺すって抗《あらが》ったが、音松は離れなかった。

「おい、もう一度いえ。てめえ疫病神だといっただろう」

「いいません。そんなことはいってません。勘弁です。ほんとにいってませんから」

左久次は泣きそうな顔で拝むように手を合わせる。

「笠井さん、謝っているんです。もういいじゃありませんか」

信三郎は音松をちらりと振り返って、

「胸糞《むなくそ》の悪いやつだ。今度妙なことといったら承知しねえからな。わかったか!」

と、左久次を威嚇した。

「わ、わかりやした。すんませんです」

左久次がへいこら頭を下げたので、信三郎はしぶしぶではあるが、

「音松、放せ」

と、静かな声でいった。音松が離れると、信三郎は自分の席に戻って酒をあおるように飲んだ。

「まあ、静かにやりましょう」

音松は信三郎に酌をしてやった。その間に左久次という客は、逃げるように店を出て行った。店の若い女が胸を撫で下ろせば、主は嘆息をしながら板場に下がった。

「今日はなにかいいことでもあったんですか？」

さっきのことを忘れさせるために、音松は手酌をして信三郎を見る。

「なにもねえさ。ただ、飲みたくなったんだ。ひとりじゃつまらねえだろう。だから、おまえを誘ったんだ。ところが、あの野郎、おれのことを疫病神だといいやがった」

「口がすべったんでしょう。もう忘れましょうよ。さ、どうぞ」

音松はもう一度信三郎に酌をしてから、割れた銚子を片づけている女に酒をくれと注文した。

「だがな、おれは疫病神かもしれねえ。そう思うんだ」

音松はしみじみとした顔でいう信三郎を眺めた。

「気に食わねえことがあると、すぐにカッとなっちまうんだ。おれの悪い癖だ。だが、どうにもなおらねえ。性分《しょうぶん》なんだろうな」

「…………」

「五年ぶりにこの町に帰ってきたが、昔とちっとも変わってねえ」

音松は急にしんみりした顔で話す信三郎を見て、この男は根っから悪い人間ではないと思った。自分のことをわかっているのだ。

「人付き合いがへたで、なにをやってもうまくいかねえ。そんな自分がときどきいやになるが、おれはこの町が好きでな。それで戻ってきたんだ」

「それまでどこにいたんです？」

「あっちこっちよ。風の吹くまま気の向くまま、おれにとって住みやすい場所を求めての旅をしていたんだ。いい土地もあったが、やっぱり馴染めなかった。結局はここ深川が一番落ち着く場所だ」

「それじゃ長い旅をなさってたんですね」

「ああ、北は陸奥《みちのく》、南は九州まで旅をした」

「九州……」

「行ったことあるか？」

信三郎が真顔を向けてくる。

「いいえ。いいとこなんでしょうね」

「ふん、ただの田舎だ。食い物はうまいが、面白みに欠ける。やっぱ江戸が一番だ」

「笠井さんの仕事は……なにもしていないわけじゃないでしょう」

「音松、信三郎でいいよ。みんなそう呼ぶんだ」

「へえ、では信三郎さん」

「それでいい。おれは見てのとおりの浪人だ。仕官《しかん》なんかできねえから、なんでもやった。数えたら手足の指じゃ足りねえぐらいだ。だが、まあいろいろやったな」

信三郎は遠くを見て、なにかを懐かしむような顔をした。そこへ店の若い女が酒を運んできた。

「さっきはすまなかったな。ちゃんと弁償するからよ」

「あ、いいえ」

女はビクビクして答える。

「姉さん、名はなんていうんだ？」

「お杉《すぎ》です」

「そうかい、いい名だ。亭主の娘か」

「はい」

「はたらきもんだな。いい相手を見つけて幸せになるんだぜ」

「へえ、ありがとうございます」

「なにかうまいもんを持ってきてくれ。こいつァ音松っていうんだが知ってるかい？」

「油屋さんですね」

「おれの友達だ。よろしく頼むぜ」

音松は勝手に友達にされた。お杉はこくりと頭を下げると、板場に戻った。

「それでおまえの商売は長いのか？」

「かれこれ三年ばかしでしょうか」

「商売をはじめる前はなにをしていたんだ」

音松はどう答えようかと、酒を飲んで少し間を取った。

「いろいろです。あっちの職、こっちの職ってわたり歩きました」

「そうかい、おまえも苦労してきたんだな。ま、やろうじゃないか」

信三郎が酌をしてくれた。それから取りとめのない話をしていると、客がひとり二人と入ってきて、いつの間にか入れ込みの半分が埋まっていた。

まわりに客が増えると、音松はまた信三郎が面倒を起こしはしないかと心配したが、その夜はなんとかおとなしく店を出ることができた。

七

「なんでも信三郎は、あんたのことを友達だといってるそうじゃないか。もうすっかり町の噂だよ。気をつけなよ。いまのところ大きな揉め事は起きてないけど、こっちはヒヤヒヤしてんだからね」

そういうのは茶飲み話にきた青物屋の又蔵だった。

音松が尾張屋に誘われた二日後である。

「信三郎さんも好んでゴタゴタは起こしたくないんですよ。そう気にすることはないでしょう」

「あんたも人が好いねえ。だけど、人間変わるっていうから、少しは変わったのかもしれないね。そうであることを願っているけど。いや、ご馳走さんでした」

又蔵は茶を飲みほすと、礼をいって店を出て行った。

「あんた、あの浪人の友達になったのかい？」

お万が怪訝《けげん》そうな顔を向けてくる。

「信三郎さんが勝手にいってるだけだ。なに、うまく付き合えば害のない人だよ」

「そうかねえ。だったらいいんだけどね」

「同じ町内に住んでんだ。うまく付き合うしかねえだろう。さ、おれはひとまわりしてこよう」

音松は両膝をぽんとたたくと、上がり框から腰をあげて店を出た。大雪のあとは晴天つづきで、すっかり春めいた陽気になっていた。

表に出た音松は一度大川の畔に立って、行き交っている舟を眺めた。それはいつものことだった。

(ひょっとして旦那が……)

と、伝次郎のことを思うのだ。しかし、見かけることは滅多になかった。大川はきらきらと輝きを放ち、ときどき跳ねる魚の姿が見られた。

お万にひとまわりしてくるというのはいつものことだ。これといった目的があって店を出るわけではない。ただ、町の様子を眺めて気晴らしをするだけだった。

馬場通りまで出た音松は、そのまままっすぐ富岡八幡《とみがおかはちまん》のほうに歩いた。深川の目抜き通りである。道の両側には大小の商家がひしめくように列《つら》なっている。

年が変わったので、暖簾を新しくしている店が目立った。煎餅《せんべい》屋の娘が声を張って客を呼んでいれば、反物《たんもの》屋の小僧が丁寧に頭を下げて客を見送っていた。きっと上客だったのだろう。

畳屋に小間物屋に料理屋、薪炭屋に茶問屋などといろんな店がある。往来を行き交う人も多く、陽気がいいせいか少しうす着になっているようだ。裸足に腹掛け半纏で駆ける職人の姿もあった。

音松は富岡八幡に行って、商売繁盛と無病息災の願掛けをして、来た道を後戻りした。帰りは一之鳥居の前を右に折れて油堀《あぶらぼり》沿いの河岸道を辿《たど》った。

富岡八幡でも梅の花を見たが、河岸道にある商家の庭でも梅の花が開きはじめていた。

(やっぱり春が来たんだな)

そう思わずにはいられない。今年は七草粥《ななくさがゆ》を食べたその翌《あく》る日に大雪が降ったのだが、あれがほんとうの冬の終わりだったのかもしれない。

今日は町屋の屋根越しに富士山がはっきり見えた。江戸の町にはもう雪を見なくなったが、日の本一の山はきれいに雪化粧をしたままだ。

千鳥《ちどり》橋をわたり、佐賀町に入ってしばらくしたときだった。横丁の道からあたふたと駆けてくる又蔵と鉢合わせした。

「あ、ちょうどよかった」

又蔵は音松に気づくなり、そういって立ち止まった。

「大変だよ、大変。ここはあんたに頼んだほうがいいかもしれない」

「なにが大変なんです？」

「信三郎だよ。女を連れ込んで騒ぎを起こしてんだ。ひどい酔っ払いでさ。それで長屋の連中が、苦情をいいに行ったら、大暴れして始末に負えないんだよ。あんた、信三郎の友達だろう。なんとかおとなしくさせてくれないか。みんな迷惑がっているんだ」

「信三郎さんが……」

「なんかあると思ったが、やっぱり案の定さ。大家を呼びに行くところだったんだけど、あの人は年寄りだからね。音松さん、あんたに頼むよ」

「頼むといわれても……」

音松は又蔵の肩越しに金作長屋のあるほうを見た。路地から数人が駆け出してきたのが見えた。

「暴れているんですか？」

「そうさ、あんたがいい。あんたは友達だから静かにさせてくれ。あんたに頼むよ」

又蔵は音松の手を引いて後戻りする。

金作長屋の木戸口には、五、六人の男女がいて、長屋の路地をのぞき込むようにしていた。たしかに信三郎の酔っただみ声が聞こえてきた。

「酔っ払ってるのか……」

「ひどいもんさ。迷惑にもほどがあるってもんだ」

ぎゃあぎゃあ泣く赤子《あかご》を負ぶったおかみが、顔をしかめていう。

「ほら、音松さん」

音松は又蔵に背中を押されて路地に入った。楽しそうな女の笑い声が聞こえてきた。そして酔っているらしい信三郎の声も。

「信三郎さん、お邪魔しますよ」

声をかけて腰高障子を開けると、居間に座って酒を飲んでいた信三郎と女が音松を見てきた。

「……なんだ音松じゃねえか。おい、入れ入れ」

信三郎が手招きをしていう。真っ赤な顔をしていた。

「誰さ」

女が音松を見て信三郎に顔を戻した。膝を崩した女は白い脚を剝《む》きだしにしていた。着物はすっかり乱れて、襟が大きく開きいまにも乳房が見えそうだ。それに髷《まげ》も乱れていた。

「おれの友達だ。さあ音松、来な。いっしょにやろうじゃねえか」

「いや、あっしは仕事がありますんで遠慮しときます」

「なんだと」

急に信三郎は険しい顔つきになった。

「それより、長屋の人が迷惑をしてるようなんです。静かに飲んだらいかがです」

「なにをいってやがる。もう亭主連中は出払ってんだ。いるのは年寄りと暇な女房連中だけだ。楽しく酒を飲むのが悪いっていうのか」

「いえ、そのもう少し静かに飲んだらどうです。赤ん坊もいるようだし……」

「赤ん坊がどうしたってんだ！　馬鹿野郎ッ。てめえまでおれに文句つける気か」

信三郎は酔眼でにらんでくる。

「文句いってるんじゃないんです。もう少しお静かにお願いできないかと……」

途中で言葉を呑んだのは、背後で「どけ、どけ」という緊迫した声がしたからだった。音松が木戸口を振り返ると、血相変えた三人の男たちがやってくるところだった。

「信三郎の家はそこか」

肩で風を切ってくる男のひとりがいった。見るからに凶悪そうな顔をしていた。

音松が少し下がると、やってきた男は腰高障子を大きく引き開け、

「おお、いたぜ。この家だ」

と、二人の仲間を振り返った。

第二章　だんだん

一

　三人の男たちは信三郎の家に土足のまま躍りあがるなり、すっかり酔いのまわっている信三郎を殴りつけ、足蹴《あしげ》にした。

「やめろ！　やめねえか！　こんなことしてただですむと思ってんじゃねえぜ！」

　喚《わめ》くのは袋叩きにされている信三郎である。

　三人の男たちは無言で暴力を加えつづけた。信三郎の腹や背中や太股を蹴り、起きあがろうとすれば張り手を飛ばした。そのうち信三郎は相手を罵《ののし》ることができなくなり、殴られたり蹴られるたびに、うめき声を漏らした。

結局、信三郎は一切の抵抗もできずあっさり気を失って伸びた。その間女は、壁に背中をつけ凍りついた顔で、信三郎が無様にたたきのめされるのを見ているだけだった。

音松も男たちの凄みとその迫力に気圧《けお》され、呆然と眺めているしかなかった。しかも信三郎がくたばるのに、おそらく十を数える間もなかったはずだ。

「お吟《ぎん》、来るんだ」

信三郎を片づけた男は、ギラッとした目で女を見ると、いきなり髷をつかんで立たせた。

「やめておくれ！」

お吟という女は叫び声をあげて、抵抗しようとしたが男の膂力《りょりょく》にはかなわない。そのまま長屋の路地に連れ出された。

「どけ、邪魔だ」

音松は立ち塞《ふさ》がろうとしたが、そのひと声で尻込みして下がった。

「ええィ、放しやがれ、痛いじゃないのさ。誰か、誰か助けておくれ」

お吟はつかまれている男の手を必死に振り払おうとするが、無駄な抵抗だった。

「ひぃ、痛いよ。放せッてんだ。放しておくれよー」

「うるせー！　黙りやがれッ」

お吟の口が大きな手で塞がれ、ついで腹に当て身を食わされた。

「うッ……」

お吟が膝からくずおれる前に、ひとりの男がその体をひょいと担ぎあげた。

野次馬となっていた長屋の連中は、そのまま男たちを見送った。誰もが無言で呆《あっ》気《け》にとられた顔をしていた。

それは音松も同じで、男に担がれたお吟の赤い蹴出《けだ》しだけが、なぜか目に焼き付いていた。やがて連れ去られるお吟と三人の男たちの姿は、町の角を曲がって見えなくなった。

「信三郎さんはどうなってんだ……」

又蔵のつぶやきで、音松は信三郎の家に後戻りした。

信三郎は身動きもせず大の字に倒れていた。音松が居間にあがると、

「まさか死んでるんじゃ……」

と、又蔵が戸口に張りついていう。他の者たちもおそるおそるのぞき込んでいた。

「信三郎さん、大丈夫ですか」

音松は声をかけて、そっと肩を揺すった。信三郎は返事をしない。だが、腹のあたりがゆっくり動いている。死んではいなかった。

「信三郎さん、信三郎さん、しっかりしてください」

音松はそういって肩を揺すった。すると、信三郎は小さなうめきを漏らして、カッと目を開けた。音松と目が合う。

「なんだ！　やつらはどこだ？」

信三郎はがばりと起きあがると、音松の襟をつかんだ。

「帰りましたよ」

「なにッ」

信三郎は慌てて狭い家の中を見まわした。

「お吟は？　あいつらお吟を連れて行ったのか……」

「連れて行きやした」

「くそッ……」

歯噛みするようになった信三郎は、短く視線を泳がせると、戸口にいる連中に気づいて、「なにを見てんだ！　おれは見世物じゃねえ、あっち行けッ！」と声を荒らげた。

怒鳴られたみんなはひとり二人と消えていった。

「あいつらなにもんです？」

音松は信三郎に顔を戻して聞いた。

「知るか……」

「だって尋常じゃありませんでしたよ。やくざもんですか？」

「知らねえよ。だが、このまま黙っちゃいねえ」

目をぎらつかせた信三郎は、転がっている瓢簞《ひょうたん》徳利を拾いあげて、ゴクゴクと喉を鳴らして飲んだ。

「ぷはーッ、せっかくの楽しみを……」

信三郎は酒臭い息を吐いて、また思案顔になった。

「あのお吟という女はなにもんです。商売女でしょうが……」

音松が問うと、信三郎が無言で見てきた。

「いい女だっただろ」

「へえ、まあ」

「だったら黙ってろ。これから取り返しに行ってくる」

信三郎は刀をがっとつかむと、そのままよろけながら戸口に向かった。

「ああ、信三郎さん、どこへ行くんです」

「お吟を取り返しに行くんだ」

音松は止めようとしたが、信三郎は酔っているわりにはしっかりした足取りで長屋を出て行った。音松はあとを追おうとしたが、すぐに足を止めた。自ら揉め事に首を突っ込む必要はないと気づいたからだ。

「どこへ行ってたんだい」

店に帰るなり、お万が欠伸《あくび》をしながら声をかけてきた。

「八幡様までちょいとな……」

「いい気なもんだね。頼まれた品を届けてくれるかい」

「いいが、どこに届ける」

「万年町《まんねんちょう》の吉田《よしだ》屋の旦那に、これを三つばかり持ってっておくれ」

お万は鬢付け油を包んで、音松にわたした。

「寄り道してくるんじゃないよ」

「わかってるよ」

二

伝次郎は新辻橋《しんつじ》のそばに猪牙をつけて、煙草を喫《の》んでいた。すぐそばの町は柳《やなぎ》原《わら》町三丁目で、反対岸が一丁目だった。

空に浮かぶ雲は日の暮れ前の光を受け、あわい紅《くれない》に染まっていた。雁《がん》型に飛んでいく鳥の群れが見えた。

（もうじきあの渡り鳥も帰っていくのか……）

胸のうちでつぶやきながらも、ひょっとすると、この江戸が生まれ故郷なのかもしれないと思った。

「なにをしておる。早く来なさい」

ふいの声に顔を向けると、橋の上で立ち止まった武士の姿が見えた。そばにはその妻らしき女がついている。

「慎之介《しんのすけ》、よそ見はいけませんよ」

妻が後ろを振り返って手招きをした。

（慎之介……）

伝次郎はハッとなった。亡くした長男も同じ慎之介だったのだ。やがて侍とその妻女に呼ばれた子供が見えた。まだ前髪を垂らした五、六歳の子だった。

伝次郎は侍を見て、その妻も見た。なぜかその二人が、過去の自分と重なった。子供の手を引く妻女と侍はゆっくり橋をわたり、河岸道を北のほうへ歩いていく。仲のよい親子だ。妻女の後ろ姿が、死んだ佳江《よしえ》に見えた。そして、子供も死んだ自分の子に見えた。正しくは死んだのではなく、殺されたのだった。

下手人は津久間《つくま》戒蔵《かいぞう》という元唐津《からつ》藩士だった。凶悪な人殺しで、妻子が殺される前にも犠牲になったものがいた。当時、町奉行所の同心だった伝次郎は、その津久間を追い詰めたのだが、すんでのところで捕り逃がした。

つまり、妻子は津久間の手にかかったのだ。だが、不運はそれだけではなかった。津久間が逃げ込んだ屋敷で捕り物騒ぎを起こしたのが問題となり、それがために伝次郎は町奉行所を去ることになった。

運の悪いことに屋敷の主が、幕閣内でもうるさ型の大目付《おおめつけ》・松浦伊勢守《まつうらいせのかみ》だったからである。南町奉行の筒井和泉守《つついいずみのかみ》は伝次郎を庇《かば》ったが、道理はとおらなかった。結局は伝次郎が責任を取って職を辞することで、騒ぎは収まった。だが、津久間のせいで、妻子を殺され、職を失うという貧乏くじを引いた伝次郎は、敵討《かたき》ちを己に誓い、ひそかに津久間を追跡しつづけ、ようやく本懐《ほんかい》を遂げていた。

「船頭さん、船頭さん」

新たな声で伝次郎は現実に引き戻された。ひとりの年寄りが河岸場に立っていた。

「薬研《やげん》堀までやってくれませんか」

「へえ、どうぞ」

応じた伝次郎は年寄りを乗せると、すぐに猪牙を出した。一度、さっきの侍親子の去ったほうを見たが、もうその姿はなかった。

千草と親しく付き合うようになってから、亡き妻や子供のことは努めて考えないようにしていたが、さっきは思いがけなく昔のことが甦《よみがえ》ったのだった。

竪川《たてかわ》から大川に出ると、そのまま薬研堀を目ざした。船頭の操る猪牙舟と何度かすれちがったが、知っているものではなかった。

薬研堀で客を降ろしたときには、もう夕靄《ゆうもや》が漂いはじめていた。空にはわずかな日の名残があるだけだ。

(今日は仕舞いだな)

再び大川をわたりながら仕事を切りあげることにした。

山城橋そばのいつもの場所に猪牙を舫《もや》うと、舟底にたまった淦《あか》を汲み出し、汚れているところに束子《たわし》をかけた。

船頭にとって舟は大事な商売道具であるとともに、なにより大切な相棒であった。

――舟を粗末にしちゃならねえ。てめえの大切な女と同じように扱うんだ。そのこと忘れるんじゃねえぜ。

船頭の師匠だった嘉兵衛《かへえ》の教えだ。

そういえば、嘉兵衛の親爺も死んでしまったんだな。ふと、動かしていた手を止めて思った。大切な人がまわりからどんどん消えていく。

(それも年のせいなのか……)

伝次郎は暗い水面に映る自分の顔を見て、無精ひげの生えた顎をさすった。

自宅長屋に帰ると、足を洗い、行灯《あんどん》に火を入れた。暗かった家の中がにわかにあかるくなったが、千草は店に出ているのでひっそりしている。

それでも独り暮らしをしていたときよりは、暖かみが感じられる。千草の化粧道具や着物などの持ち物があるからだろう。

楽な着流しに着替えると、伝次郎はゆっくり家を出た。行き先は千草の店である。いっしょになってから、それが日課になっているが、今日は話さなければならないことがあった。

「よお、色男の船頭さんの登場だ！」

店に入るなり、そんな声が飛んできた。常連客の為七《ためしち》という畳職人だった。

「なんだ、もうでき上がってるのか」

伝次郎は言葉を返して、小上がりの隅に座った。

「今日は早仕舞いでね。さっさと片づけて日の暮れから飲んでんだ」

「景気がよさそうだな」

「そうでもないよ。貧乏に追いまわされてるだけさ」

為七はアハハハと、機嫌よく笑う。

伝次郎は千草が持ってきた酒を手酌でゆっくりやる。肴は鯛《たい》の昆布〆《こぶじめ》だった。晩飯も店ですませるのが、このところの習慣になっている。

伝次郎が一合の酒を飲む間に、大工の英二《えいじ》がやってきた。この男も店の馴染み客で、伝次郎と軽口をたたきあう仲だ。千草といっしょになった当初は、ずいぶん冷やかすことをいっていたが、いまはそれにも飽きたらしく、愚にもつかない世間話をするのが常だ。

しばらくすると客がひとり二人と増え、狭い店がいっぱいになった。千草は忙しく板場を出入りしながら、冷やかしてくる客を軽くあしらう。

早くから飲んでいた為七が酩酊《めいてい》し、舟を漕ぎはじめたので、英二が送って行くといって帰っていった。騒がしい二人が帰ると、店は急に静かになった。

「ご飯にしますか」

暇になったところで、千草がそばにきていった。

「もらおう」

すぐに千草の手料理が届けられた。

鯛のかぶと煮と蕪《かぶ》の漬物、そして蛤の味噌汁だ。かぶと煮はいつになく大きかった。それに味醂《みりん》と砂糖と醬油が絶妙に絡みあっていてうまい。それを肴にして都合三合の酒を飲んで、飯に取りかかった。

その頃には客が引け、しばらくして新しい客が二人入ってきた。見慣れない顔である。戸口に近い席に座ると、酒を注文して顔を寄せあうように話しはじめたが、囁《ささや》き声だ。

伝次郎は飯を食いながら、その二人を盗み見た。崩れた着物の着方や目つきから堅気には見えなかった。二人は声を抑え、ひそひそと話し合いながら酒を飲み、ときどき口の端に笑みを浮かべた。

三

「女将《おかみ》、ひとりで切り盛りしているのかい？」

二人組のひとりがはじめて千草に話しかけた。ぶくぶく太った男だ。

「ええ」

「いい店だな。それに女将《おかみ》もいい女だ。へへッ……」

男はたるんだ二重顎をふるわせて笑った。

「どういたしまして……」

千草は軽く応じて、新しい銚子を飯台《はんだい》に置いた。と、その手が素早くつかまれた。

「客あしらいがうめえな。気に入ったぜ」

「手を放してください」

でぶった二重顎は放さなかった。ぶ厚い唇を舌先でなめ、じっと千草を見て、

「亭主はいるのかい？　それとも独りもんかい？」

と、うす笑いをしていう。

「手を……冗談はおよしになってくださいませ」

「どうなんだ？」

二重顎は千草を見据えたままだ。

「いい尻だ」

もうひとりがするっと千草の尻を触った。

とたん、千草の顔がキッと険しくなった。

「お客さん、冗談でもやっていいことと、そうでないことがあるんですよ」

「それで……」

尻を触った男が、いまにも飛び出しそうな大きな目を細めて、へらへらと笑った。

千草は二重顎の手を振り払うと、盃を取って相手の顔に酒をぶちまけた。

「お代はいらないから、帰っておくれまし」

「ひょおー、顔に似合わず気の強いことをいいやがる。それに客に酒をぶっかけるとは勘弁ならねえ女だ。おう、なめんじゃねえぜ！」

大目玉が座っていた明樽《あきだる》を蹴るようにして立ちあがった。

「帰ってくださいな」

千草は毫《ごう》も怯《ひる》まず表に顎をしゃくる。

「このアマがッ！　蛇《じゃ》の目《め》の定五郎《さだごろう》をなめるとはいい度胸だ！」

定五郎と名乗った男は、いきなり千草の両襟をつかんで持ちあげた。千草の首がしまり、足が地面から浮いた。

静かに飯を食っていた伝次郎は、箸を置いて「やめるんだ」と忠告した。

定五郎が千草を吊したままにらんでくる。もうひとりの男も伝次郎を見てきた。

「やめろ。か弱い女になにをしやがる」

伝次郎は小上がりから下りると、定五郎のそばに行って、腕を押し下げた。千草がしゃがみ込んで咳《せき》をした。

「てめえは関係ねえんだ。すっ込んでな。でなきゃ痛い目にあうぜ」

「女将が帰ってくれといってるんだ。おとなしく帰ったらどうだ」

「なんだと」

もうひとりの二重顎が立ちあがった。伝次郎はその男を静かに見つめ、

「帰れ。それで終わりだ」

静かに戸を開けてやった。夜風が流れ込んできた。

「この野郎ゥ、よし、てめえが相手だ。表に出やがれッ!」

二重顎が吠えると、定五郎がどんと伝次郎の肩を強く押した。

四

肩を突かれた勢いで表に押し出された伝次郎は、二人の与太者と向かいあった。

「茂造《しげぞう》、遠慮はいらねえぜ。こいつァ女じゃねえからな」

定五郎が仲間にいって、片手の甲で顎をなでた。そのとたん、茂造という二重顎が殴りかかってきた。伝次郎はひょいと腰を落として、足払いをかけて倒した。

茂造の太った体が一瞬宙に浮き、そのまま腹から落ちた。それを見た定五郎が目を吊りあげて、伝次郎に体あたりをしてきた。伝次郎は半身をひねって躱《かわ》すと、後ろ襟をつかみ取って、そのまま投げ飛ばした。

「野郎、やりやがったな」

起きあがった茂造が、懐に呑んでいた匕首《あいくち》を取り出して構えた。伝次郎は顔色ひとつ変えず、正対する。茂造が匕首をビュンビュン振りまわしてくる。

伝次郎は下がりながら躱し、茂造の片腕をつかみ取ると、そのまま足をかけて地面にたたきつけるなり、匕首をつかんでいる相手の手を蹴りあげた。

茂造の手から離れた匕首が遠くに落ちて小さな音を立てた。定五郎が立ちあがって身構えていたが、伝次郎がそっちを見ると、臆したように下がった。

「まだやるっていうなら相手をしてやるぜ」

「……こ、このくそったれが。茂造、今夜は引きあげだ」

定五郎は伝次郎に一瞥《いちべつ》をくれると、茂造をうながして高橋《たかばし》のほうへ去った。

伝次郎がその二人を見送って、千草を振り返ると、

「もう閉めますわ」

と千草がいった。

「それがいい」

応じた伝次郎は片づけを手伝って、千草といっしょに家路についた。

「いつもじゃないけど、ときどきああいう客が来るんです」

歩きながら千草がいう。

「諸国は飢饉《ききん》らしい。そのせいで江戸に流れてくるものが増えている。中には質《たち》の悪いものもいる。おれの舟にも得体の知れない客がときどき乗るからな」

「物騒《ぶっそう》になりましたね」

伝次郎は静かに千草を眺めた。色白の顔が提灯《ちょうちん》のあかりにあわく染まっていた。

「どうしたんです？」

「店を考えたらどうだ。いつも遅い時刻に家に戻るのは危ない。これまでより早く閉めるとか、いっそのこと……」

「なんです？」

「店をやめる気はないか……」

伝次郎は話したいことを口にした。千草は視線をそらして、

「ついているお客がいるんです。すぐにはできませんわ」

と、遠くを見ながらいう。

「すぐにそうしろというわけではないが、考えてくれないか。暮らしのことは心配ない」

「そういってくださるのは嬉しいですけど、やっぱりわたしには……」

「では、早く閉めるようにしたらどうだ。夜は五つ（午後八時）までにするとか、やり方はあるはずだ」

「そうですね。少し考えさせてください」

「うむ」

二人はそれから黙って歩いた。春になったとはいえ、まだ夜風は冷たかった。提灯を持って足許を照らす千草は、伝次郎に寄り添い、片袖をつかんでいた。

二人の足が同時に止まったのは、要津寺《ようしんじ》の手前だった。誰かが道に横たわっているのだ。伝次郎は千草と顔を見あわせて、倒れている人のそばに行った。

女だった。大丈夫かと声をかけても、女は返事をしない。だが、息をしているので死んではいなかった。

「おい、しっかりしろ」

伝次郎は手を差しのべて抱き起こしたが、女はぐったりしたままだ。

「熱があるわ」

千草が額に手をあてていう。

「どうする……」

「怪我はしていないようだから、家に連れて行って様子をみましょう」

伝次郎は女を負ぶった。

女は家に連れて行っても目を覚まさなかった。ときどき苦しそうなうめき声を漏らすので、千草が医者に診せたらどうかという。

「熱が尋常じゃなく高いですし……」

千草は女の額に水に浸した手ぬぐいを絞ってあてた。

「それじゃ医者を呼んでこよう」

「お願いします」

伝次郎は長屋を出ると、深川三間町《さんげんちょう》の加藤祐仙《かとうゆうせん》の家へ急いだ。他にも医者はいるが、信頼できるのは祐仙だった。

「なに、女が……行き倒れかね」

祐仙はまだ起きていて、すぐに応対してくれた。

「よくわかりませんが、熱がひどいんです。ついてきてくれませんか」

「じゃあ支度をするから待っていなさい」


祐仙を連れて家に戻ると、女はうつろな目をして天井を眺めていた。

「どうやら気を失っていたようです」

千草が戻ってきた伝次郎と祐仙に告げた。

祐仙はすぐに脈を取り、女に具合を聞いていった。女はか細い声で答えたが、少し訛《なま》りがあった。江戸のものではないようだ。

「体が弱っているだけだろう。とりあえず熱が下がる煎《せん》じ薬を置いていくから、様子を見てくれ。それでもよくならないようだったら、また呼びにきなさい」

祐仙は持参した煎じ薬を千草にわたすと、もう一度女の額に手をあてた。

「それじゃわたしはこれで帰る」

「送っていきます」

伝次郎はすぐに腰をあげたが、祐仙は戸口を出たところで、ひとりで大丈夫だといってそのまま帰っていった。

五

女の名はりつといった。年は二十二だった。

「少し熱が下がったので、これを食べたら薬を飲むのよ」

千草は朝から甲斐甲斐しくおりつの看病をした。

「申しわけありません。見ず知らずのわたしにこんなご親切を……」

おりつは粥を食べながら、目に涙を浮かべて頭を下げる。

「さ、薬を飲んだら横になって、今日はゆっくり休んでいなさい」

おりつは素直に千草のいいつけにしたがった。

伝次郎は少し離れたところで見守っていたが、おりつが薬を飲んで身を横たえると、そばに行った。

「おりつ、身内は江戸にいるのか？　いるなら知らせてやるか、呼んでくるが……」

声をかけると、おりつはぼんやりした顔で少し考えた。小柄な女で、愛らしいふっくらした唇をしていた。目もぱっちりしている。気のやさしそうな面立ちだ。

「夫が江戸にいるはずです」

「……はず」

伝次郎は千草と顔を見あわせた。

「江戸に住んでいるんじゃないの？」

千草が問いかけると、おりつはゆっくりかぶりを振った。

「わたしは伊予《いよ》から夫を探しに来たのです。でも、江戸のことがよくわからず、道に迷ってしまい」

おりつは目に涙を浮かべたと思ったら、顔をくしゃくしゃにして泣きだした。

「ご主人を探しに来たというけど、ご主人の居所はわからないの」

おりつは泣きながらわからないという。

「どうしてご亭主は江戸に来たのだ？」

おりつは嗚咽《おえつ》を堪《こら》えながら、逃げてきたのですという。伝次郎がまた千草と顔を見あわせると、おりつは訥々《とつとつ》とした調子でその経緯《いきさつ》を話しはじめた。

おりつの夫・進藤甲兵衛《しんどうこうべえ》は、伊予吉田《よしだ》藩の足軽《あしがる》で、二月《ふたつき》前に自分をからかった甚《じん》吉《きち》という百姓を無礼打ちにしたのだった。

「無礼打ちを……」

伝次郎は驚いたようにつぶやく。

「夫はそのときひどく酔っていて、人殺しをしたと思い込んだんです。翌朝やってきたお仲間も、このままではすまないといいました。だから夫は藩の罰を受けるのが怖くなって逃げたのです」

「ふむ」

「でも、あとで目付《めつけ》の調べで、甚吉が酔った夫をひどくなじり、道を塞いだということがわかり、また、甚吉も傷は浅く治りも早かったのでお咎《とが》めなしとなったのです」

「それじゃ逃げることはなかったのね。で、どうしてご亭主が江戸にいるとわかったの？」

「手紙が来ました。江戸にいる。申しわけないが、もう国には帰れないので許してくれというものでした」

「それじゃ思いちがいをして江戸に逃げているのね」

「はい。わたしは親戚の人たちから探してこいといわれ、路銀《ろぎん》をもらって江戸に来たのですが、勝手がわからずに……気づいたときには、千草さんと伝次郎さんに……」

おりつはそこまでいって大粒の涙で頬を濡らした。

「江戸に来て、ずっとご亭主を探していたの？」

千草はおりつの涙を拭きながら聞いた。

「馬喰町《ばくろちよう》というところにある、小さな旅籠《はたご》に泊まりました」

「なんという旅籠？」

「柏《かしわ》屋という旅籠です。旅の荷物もそこに置いたままなので、帰らなければなりません」

千草は一度伝次郎を見てから、おりつに顔を戻した。

「路銀は足りているの？」

おりつはしばらく黙り込んで、天井を見つめた。表から鳥のさえずりが聞こえてきて、あわい障子越しの光が、少し血色のよくなったおりつの顔にあたっていた。

「もう、お金がないんです」

おりつは糸のように細い声を漏らした。

「おれが柏屋に行って荷物を取ってこよう。しばらくここにいるといい。それにその体では、すぐ宿に戻ることもできないだろう」

そういう伝次郎に、おりつが頭を動かして顔を向けた。

「そんなご迷惑は……」

「困ったときはお互い様です。迷惑だなんてちっとも思わなくていいのよ」

千草が遮《さえぎ》っていうと、おりつは唇を噛んで泣き顔になって、

「だんだん、だんだん……」

と、つぶやき、申しわけないというように手を合わせた。


その日、仕事に出た伝次郎は薬研堀に舟をつけると、そのまま陸にあがり、おりつが泊まっていた柏屋という旅籠を訪ねた。

「へえ、お泊まりですが、昨夜は帰ってみえませんで……」

伝次郎が玄関でおりつの名を口にすると、応対に出た手代が心許《こころもと》ない顔を向けてきた。

「わけあってここを払うことになった。それで荷物を取りに来たのだ」

「それじゃ宿のお代は……」

「おれが立て替える」

手代はホッと頬をゆるめて、おりつの客間に案内してくれた。荷物は少なかった。振分《ふりわけ》荷物と着替えの入った風呂敷包みのみだ。

宿代を払って舟に戻ると、櫓床に腰をおろし、煙管をくゆらせながら考えた。

今朝、家を出るとき、千草にいわれたことがある。

――伝次郎さん、代わりにおりつさんのご主人を探すことはできないかしら……。

探してもいいが、探す手掛かりがなにもない。おりつは、夫から江戸にいると手紙で知らされただけなのだ。

（探すとしても……どうやって……）

心中でつぶやく伝次郎は、空に浮かぶ雲を眺め、とにかく詳しい話を聞くのが先だろうと思った。

煙管を舟縁《ふなべり》に打ちつけて、煙管を煙草入れにしまうと、棹をつかんだ。

大川をゆっくりわたる伝次郎は、風がぬるんでいるのを肌に感じた。先日の大雪が嘘のように、すっかり春めいた陽気だった。

山城橋に舟をつけると、そのまま自宅長屋に戻った。木戸口を入ったところで、井戸端で洗濯物をしていた千草が立ちあがり、すぐに駆け寄ってきた。

「どうだ、様子は？」

「なんだかまた熱がぶり返したみたいで、それに食べたものを戻したんです」

「戻した……それは心配だな。もう一度祐仙先生に診《み》てもらうか」

「そうですね、ひどい病気だったら大変ですから」

「ではすぐ呼びに行ってこよう」

伝次郎は家に入ると、おりつの荷物を置いて、奥の間に寝ている彼女を見たが、眠っているようだった。

半刻後、伝次郎の知らせを受けた祐仙がやってきた。

昨夜と同じように祐仙はおりつの脈を取ったり、そして瞼《まぶた》の裏をひっくり返し

たりした。それから伝次郎と千草に体を向けると、

「熱は下がったり上がったりすることがある。脈も乱れておらぬから、そう心配することはないはずだ。おそらく長旅の疲れで体が弱っているのだろう」

祐仙がそういったとき、おりつが突然うつぶせに寝返りを打って、苦しそうにうめいた。

「おりつさん、どうしたの？　大丈夫？」

千草が慌てて背中をさすりながら声をかけると、おりつは畳に胃液を少し吐きだした。

伝次郎はすぐに雑巾を取りにいって汚物をぬぐった。それは微量だったが、おりつは目を赤くして、申しわけないと苦しそうに謝る。

「大丈夫よ。また吐きたくなったら遠慮なくいってね」

「……申しわけありません」

おりつは頭を下げて、コホコホと咳をする。祐仙はその様子をじっと見ていた。

そして、「ひょっとして……」とつぶやいた。

伝次郎と千草は同時に、慈姑《くわい》頭に霜を散らしている祐仙を見た。

「そなたは懐妊しているのではないか……。月のものはあるかね？」

いわれたおりつも驚いた顔をしたが、伝次郎と千草も祐仙の言葉に驚いた。

「どうだ？」

再度問われたおりつは、首を横に振り、一月前からないと答えた。

「やはりそうか。吐いたのは、熱のせいもあるだろうが、懐妊のせいかもしれぬ」

おりつは自分のことなのに、目をぱちくりさせた。

「とにかく子を孕《はら》んでいるなら、もう少し大事を取り、まずは熱を下げることだ」

六

「まずは熱が下がってからだろうが、もう少し詳しい話を聞かなければ、亭主を探す手がないからな」

伝次郎は長屋の表にある床几《しょうぎ》に座って、千草と相談していた。

「もし、ほんとうに子を身籠《みご》もっているなら、無理はさせられませんしね」

「亭主にとっても大事な子だ。それにその亭主はこのことを知らんのだろう」

「自分が無実だということもですね」

「そうだな」

二人は町屋の屋根越しに浮かぶ雲を黙って眺めた。

蜆《しじみ》やー蜆ぃー、蜆や……。

目の前をあまり元気のない売り声をあげて、蜆売りが通り過ぎた。普通は早朝に売り歩く行商だから、残り物を売り切ろうとしているのだろう。

「わたし、今日は店を休みますわ。おりつさんはいまが大事なとき、もし熱がひどくなってお腹の子にさわったら大変でしょう」

千草は真顔でいう。

「おまえも人が好い女だな」

「それはあなたも同じでしょう」

千草が鼻の頭にしわを寄せて小さく笑った。

二人が心配していたおりつの熱は、翌朝には下がり、昼過ぎには床を抜けだして、家事を手伝うというようになった。血色もよくなり、熱を出してうなっていたときとは大ちがいである。

しかし、ときどき戻しそうになるのか、慌てて厠《かわや》に駆け込んだりした。いまも台所に立っていたのに、口を押さえて表に飛び出して行った。

「祐仙先生のいうように身籠もっているんだわ」

千草は確信した顔を伝次郎に向けた。

「しかし、どうする？」

伝次郎は手許《てもと》の書き付けから顔をあげた。

「どうするって、なにをです……」

「おりつさんの夫探しだよ。いっしょに連れ歩くのはどうかと思うのだが、人相書《にんそうがき》を頼りに探すよりは、いっしょに歩いたほうがいいはずだ」

伝次郎はもう一度手許の書き付けに視線を戻す。それには、おりつの夫・進藤甲兵衛の顔と体の特徴が書かれていた。おりつから聞いて書き取ったのだ。

こういったことは、町奉行所時代から心得ているので手慣れたものだった。しかし、ちゃんとした人相書を作るには、絵師のそばにおりつをつけて描くのが一番である。

「大丈夫……」

厠から戻ってきたおりつに、千草が声をかけた。

「すみません」

おりつは戸口の前でちょこんとお辞儀をする。それからゆっくり顔をあげて言葉をついだ。

「いつまでもお世話になっていてはご迷惑です。わたしはもう大丈夫ですから、旅籠に帰ろうと思います」

「旅籠って……この前の柏屋さんに……」

千草は不思議そうな顔をしておりつを眺める。

「他に知ってるところはありませんので……」

「おりつさん、無理はいけないな。あんたはまだ病み上がりだ。腹には子もいるんだ」

「そうよ。それに路銀はもうないんじゃなくて……」

千草にいわれたおりつは悄然《しょうぜん》とうなだれる。

「ご亭主が江戸にいるなら、なんとか探す手立てもあるはずだ。いらぬ気は使わなくていいから、おれにまかせてくれないか」

おりつはまばたきもせずに伝次郎を見る。

「こう見えても人探しには年季《ねんき》が入っているんだ」

「ほんとよ」

千草がやさしい笑みを浮かべて言葉を添える。

「さあ、とにかくもう少しご亭主のことを話してくれ。ご亭主探しはそれからだ。さあ、こっちへ来て」

伝次郎は自分のそばにおりつをうながすと、さっきからのつづきで、夫・甲兵衛の体の特徴を聞いていった。あらかた聞き終わると、

「似面絵《にづらえ》を作るのであとで絵師を連れてくる。そしたらまたご亭主の顔のことを、詳しく絵師に話してくれるか」

と、おりつを見た。

「それはいいのですけど、絵師もただではないのでしょう」

「心配無用だ。なんとでも都合はつく」

「でも……」

「おりつさん、まずは体をもとに戻すのが先よ。ここは伝次郎さんにまかせておき

なさいな」

「どうして、そんなご親切を……」

おりつは目に涙を浮かべて伝次郎と千草を見る。

「これもきっとなにかのご縁よ。それに、目の前に困っている人がいて、知らぬふりはできないでしょう。もし、おりつさんがわたしだったら、きっとそうするんじゃなくて……」

「だんだん、いいえ、ありがとうございます」

「ひとつ聞いていいかな。その、だんだんというのはなんだい？」

伝次郎がずっと気になっていることだった。答えたのは千草だった。

「ありがとうってことらしいわ。お国言葉なんですって」

「へえ、だんだんが……」

「はい」

おりつは少し照れたように笑った。

第三章　かたぶつ

一

「音松さん、聞いたかい？」

店の前の床几に座るなりそういうのは、又蔵だった。

「なにをです？」

「信三郎のことだよ」

又蔵は本人の前でないから呼び捨てにする。

「家主と加賀町《かがちょう》の名主と御番所に行ったらしいよ」

「いつのことです？」

音松は噂好きの又蔵を眺める。

「昨日のことだよ。なんでも加賀町の通りで大立ち回りをやったらしい」

「喧嘩を。怪我人でも出たんで……」

「詳しいことは知らないけど、止めに入った番屋の若い衆をたたきのめしたらしい」

「しょうもないことを……。それでどうなったんです？」

音松は信三郎にはあまり関わりたくないが、どうしても気になる。

「お叱りですんだらしい。喧嘩両成敗ってやつだよ。どうせならしょっ引《ぴ》いてもらって、牢屋敷にでも放り込んでくれりゃいいのに。まったく疫病神が戻ってきたおかげで、あちこちでいざこざだ。だけど、あんた気をつけな。信三郎はあんたを友達だといい触らしてるようだからね」

「いい触らしてるって……」

音松は驚き顔で、又蔵を見る。痩せた年寄りで、顔にあるしわが縦横に混じっている。

「ああ、ほうぼうであんたの名を出してるらしいよ。音松はいい男だ、この町でおれが信用できるのは音松だけだってね。そりゃずいぶん持ちあげてるらしいよ」

「そりゃ、困るなァ……」

「この界隈《かいわい》の店は、信三郎を出入り禁止にしてるらしい。だけど、それがかえって揉め事につながらないかと心配しているんだよ。かといって店も信三郎を入れりゃなにが起こるかわからない」

「そうでしょうが、あっしのことをあちこちで……」

いまさらではあるが、困った男に気に入られたものだ、と音松は知らず知らずのうちにため息を漏らす。

又蔵はそれから愚にもつかない世間話をしたが、音松はほとんど上《うわ》の空で聞いていた。これまでわりと穏やかだった町の空気が変わっている。それは信三郎のせいである。ことあるごとに起こる揉め事は、すべて信三郎が火種となっていた。長屋でも居酒屋や料理屋でも、再三問題を起こしている。

かといって町奉行所が出てくるほどの大きな揉め事ではなかった。大方、大家か自身番《じしんばん》の書役《かきやく》、あるいはまわりのものがどうにか取りなして、騒ぎを静めていた。

音松は、信三郎がお吟という女を連れてきて、三人の男たちに袋叩きにあった日から、努めて敬遠していたので、その後のことを知らなかった。ただ、それとなく流れてくる噂を聞いているだけだ。

「さあて、そろそろ仕事に戻ろう。あんまり道草食ってると、嬶《かかあ》がうるさいからねえ」

勝手に話をした又蔵は、よっこらしょといって腰をあげると、そのまま自分の店のほうに帰っていった。

ひとりになった音松は、信三郎のことをぼんやりと考えながら煙草入れを帯から抜いた。

そのとき、八戸前《やとまえ》のほうから、なにやら大きな怒鳴り声と騒ぎの声が聞こえてきた。

音松の店の大川沿いに三井《みつい》の貸し蔵が八棟並んでいる。そのことから前の通りを八戸前と呼んでいた。騒ぎは永代《えいたい》橋よりのほうで起きていて、あっという間に人が集まっていた。

（もしや……）

音松はまた信三郎ではないかと思って、煙草入れを帯に戻すと、様子を見に行った。野次馬の肩越しに騒ぎの場をのぞき見ると、一頭の馬が暴れており、ひとりの武士と口取役《くちとり》が馬の興奮を静めようと躍起になっていた。

そばにある店の前に積まれていた商品が散らばり、天水桶《てんすいおけ》に積まれた手桶が散乱していた。

「どおどおどォ……」

股引半纏草鞋《わらじ》履《ば》きの口取役が必死になって手綱《たづな》を手繰《たぐ》って、暴れる馬を静めようとしている。武士は腰が引けて、早くおとなしくさせろと、冷や汗をかきながら喚《わめ》いていた。そんな武士を見て、野次馬から失笑が漏れていた。

やがて口取役がなんとか馬の興奮を静めて、おとなしくさせた。なんとか騒ぎはそれで終わり、武士は迷惑をかけた店に、

「台無しになった品物の弁償をする。のちほど使いの者をやるので堪《こら》えてくれ」

と、店前にいる主に断り、逃げるようにさっさと歩き去った。口取役が馬を引いて、そのあとを追っていった。

「情けねえ旗本《はたもと》だ。あれで殿様だと威張ってんだからしょうがねえ」

そんな罵声《ばせい》が野次馬の中からあがった。

菅笠《すげがさ》を目深に被り、釣り竿を肩に掛け持っている浪人だった。野次馬がその浪人を見ると、口にくわえていた竹笹をペッと吐き捨てて、旗本が謝った店の主を見た。

「おい、たんまりふんだくってやるんだ。ケチなことをいいやがったら、おれが掛け合ってやる」

音松からは、浪人の背中しか見えなかったが、声を聞いて顔をこわばらせた。信三郎なのだ。これはまずいと思った音松は、すぐ自分の店に引き返した。見つかったらまた無理に付き合わされるかもしれない。もう、そんなことはごめんだった。

「あんた、集金に行ってきてくれないか」

店に戻るなりお万に使いを頼まれた。

「どこだい」

お万は二軒の商家の名を口にして、

「集金したら忘れず注文を取ってくるんだよ。それが商売なんだからね」

と、念押しするようにいった。

「いわれなくたってわかってらァ」

まったくうるさい婆になりやがって、という言葉を呑み込んで表に出た。集金は二軒とも近所だった。

最初は加賀町の浜屋《はま》という料理屋だった。裏の勝手口から店を訪ねると、店の女房がすぐに出てきて、

「あら、音松さん」

と、相好《そうごう》を崩した。音松が用件を口にすると、先月の掛けを気前よく払ってくれた。浜屋は上等な部類の店で、主もさることながら女房も品があり、それに洒落者だった。

「ついでに来月はどういたしましょう」

音松は商売を忘れていない。手をすり合わせるようにして頭を下げる。

「女中たちにも頼まれているから、伽羅之油《きゃら》と梅花《ばいか》を適当に持ってきておくれまし。一月分だとだいたいわかるだろうから、おまかせするわ」

「毎度ありがとうございます」

伽羅之油は、固練りの鬢付けに丁子《ちょうじ》・白檀《びゃくだん》・竜脳《りゅうのう》・麝香《じゃこう》などを加えたもので、梅花（油）は菜種《なたね》子油の白絞《しらしめ》を晒して櫨蠟《はぜろう》に混ぜ、匂いをつけたものだった。

浜屋を出ると、今川町の三河《みかわ》屋に向かった。こちらは足袋《たび》股引商で浜屋と同じ贔屓《ひい》

肩筋《き》だった。

豊島《としま》橋の手前に来たときだった。横合いから出てきた男がいた。音松は顔を見て、ハッとなって立ち止まった。

「なんだ、音松じゃねえか。どこ行くんだ？」

「集金です」

「急ぎか」

「いえ、まあ商売ですから……」

「急いでねえんだったら付き合え。話があるんだ」

音松はあまり自分との仲を触れまわってほしくないから、一度釘を刺しておく必要があると考えた。

「話ってなんです？」

「大事な話だ」

二

大事な話といわれれば気になる。

音松はついてこいという信三郎のあとにしたがったが、連れて行かれたのは信三郎の長屋だった。戸口に釣り竿が立てかけられていて、足許に魚籠《びく》が置いてあった。

「じつはあっしも相談があるんです」

音松は信三郎の前に座るなり、先に口を開いた。

「相談……。どんなことか知らねえが、それよりおれの話が先だ」

信三郎はそういうと、少し身を乗りだしてきて、滅多にいえないことだ、と声をひそめる。亭主連中が仕事に出ているせいか、長屋はひっそりとしていた。

「一度おれに付き合ってくれ。おれの使用人になってもらいてえんだ。なに、恰好つけるだけの話だ。おまえはなにもしなくていい。ただ、それだけのことだ」

「どういうことで……」

音松も釣られて声をひそめる。

「浜町《はまちょう》に桜井鉄之助《さくらいてつのすけ》という旗本がいる。旗本といっても無役の小普請《こぶしん》だ。だが五百石の家禄がある」

「へえ……」

音松は信三郎がなにを考えているのか気になる。小普請とはなんらかの理由で役職を失ったものをいう。御目見《おめみえ》の旗本は小普請支配が面倒を見、御目見以下は小普請組に編入される。

「桜井鉄之助は小網町の線香問屋・伊勢《いせ》屋の女房といい仲だ。人目を忍んで睦《むつ》まじくやってやがる。つまり不義をはたらいているってことだ」

音松はピクッとこめかみを動かした。

「おれはその仲をよく知っている。もし、そのことが世間に知れれば、桜井鉄之助は新しいお役に就くこともできなければ、恥をかくどころではすまず、目付《めつけ》の調べを受けて、お家取り潰しってこともある」

「で、どうしようってんです?」

音松が問いかけると、信三郎は足を組み替えてから口を開いた。

「おれがうまく仲を取り持つんだ。二人の仲を知っているのはおれだけだ。伊勢屋の亭主は気づいちゃいない。それに女房は後添《のちぞ》いでまだ三十路《みそじ》をすぎたばかりのようだ。もし、伊勢屋が二人の仲を知ったら黙っちゃいない」

もうすべてを聞かずとも、音松には信三郎がなにを考えているのかわかった。

「近いうちに桜井鉄之助に掛け合う。そのときについてきてくれ。礼はたっぷりしてやる。どうだ、いい話だろう」

「いや、それは……」

「なんだ」

信三郎は眉を上下に動かして、音松を凝視する。

「このこと他にしゃべったら承知しねえぜ」

「へえ、それはもう」

「二百、いや三百はふんだくれる。相手は小普請といっても五百石取りだ。二、三百の金子なんざわけないはずだ。うまくいったらおまえに一割の礼だ。商売の足しになるだろうし、ちったァ贅沢《ぜいたく》もできるってもんだ」

「うまい話だとは思いますが、少し考えさせてください」

「なんだとォ」

信三郎は目を剝いて音松をにらんだ。

「いえ、誰にも漏らしはしませんが、相手は旗本の殿様でしょう。もしものことがあったら……」

「もしももくそもあるかい。こっちは相手の弱みをしっかりにぎってるんだ。それに、向こうは人の道にはずれたことをしている。そうじゃねえか」

「ま、そうでしょうが……」

「ふん、気のねえ返事をしやがって。ま、いい。それじゃ一晩考えろ。明日にでも返事を聞くことにする」

「もし、あっしが断ったらどうします？」

「……そのときゃ、まあ、おれひとりで掛け合うが、おめえがしゃべったりしたら、そのときゃ命はないと思え。冗談でいってるんじゃねえぜ」

信三郎は射殺すような目を向けてくる。音松は竦んだように肩をすぼめた。

「わかりました」

「それで、おめえの相談てェのはなんだ？」

信三郎は煙草盆を引き寄せて音松を見る。

「いえ、もうそれはいいです。自分でなんとかしますから……」

自分を友達だと触れまわるのを控えてくれといえば、きっと信三郎は気分を害するだろう。いまになってそのことに思い至ったので、音松は言葉を濁した。

「なんだ、なにか困りごとでもあるのか？」

「いえ、それはもうほんとに、なんとかなりますんで……」

音松がぺこぺこ頭を下げると、信三郎は「なんでえ」とつまらなそうな顔で、煙管に火をつけて吸いつけた。

「この前の女はどうしたんです？　お吟とかっていう女ですが……」

「あれか、ありゃあどうでもいい。ちょいと遊んでやっただけだ」

信三郎はおもしろくないといった顔で煙管を吹かした。

「仕返しに行ったんですか……」

音松は信三郎の顔色を窺《うかが》うようにして訊《たず》ねる。

「ひとりにはたっぷり礼をしてやったが、あとの二人はわからねえ。大方、おれの仕返しが怖くて逃げまわってんだろう。どうせ、ひとりじゃなにもできねえ、ろくでなしのやくざだ。みつけたらただじゃおかねえがな」

「それでお吟はどんな女なんです？　商売女ですか？」

「どうしてそう聞きたがる。お吟にひと目惚れでもしちまったか……。ありゃァ柳橋の売女《ばいた》だ。ちょいと遊んでやっただけだ。それにしてもあの野郎ども、思い出すと腹が立つ」

信三郎は目を険しくして、煙管を灰吹きに打ちつけた。ぼこっと音がした。

「そんなことより、さっきのことだ。明日色よい返事をしてくれ。おれのためでもあるが、おめえのためでもあるんだ。こんな稼ぎは滅多にあるもんじゃねえからな」

「そうですね」

音松は相槌《あいづち》を打って、そろそろ仕事に戻らなければならないからと断って腰をあげた。信三郎は引き止めもせずに、黙って音松を見送った。

表に出ると、ふっと小さく嘆息した。信三郎といっしょにいると、妙に肩が凝るし緊張してしまうからだ。

長屋の木戸口を出るところで、ひとりの男と肩がぶつかった。相手は顔を隠すように頰被《ほっかむ》りをしていたが、ジロッと鋭い眼光を向けてきた。それはほんの一瞬のことだったが、ゾクッと鳥肌が立つほどの凄みがあった。

男はそのまま長屋に足早に入って行き、音松はつぎの集金先に向かった。しばらく歩いていると、背後から人が駆けてくる足音がしたので振り返った。

と、それはいましがた信三郎の長屋の木戸口で肩がぶつかった男だった。棒縞木綿《ぼうじまもめん》の着物と頬被りでそれとわかった。

男は立ち止まっている音松には目もくれず、逃げるようにそのまま駆け去っていった。

(いったいなんだってんだ)

男の後ろ姿を見送って歩き出したが、急にいやな胸騒ぎを覚えた。それで音松は信三郎の家に引き返してみた。

「信三郎さん、いらっしゃいますか。音松です。信三郎さん」

声をかけたが返事がない。おかしいと思って、戸を引き開けると、すぐそばの上がり框に寄りかかるようにして信三郎が倒れていた。そして、胸に短刀が突き刺さっていた。

ハッとなって駆け寄って声をかけたが、信三郎はすでに虫の息だった。うつろな目を天井に向け、口を半開きにしていた。

「信三郎さん、しっかりしてください。信三郎さん……」

音松が声をかけながら、信三郎の胸に刺さっている短刀に手をかけたそのとき、

「人殺し……ひッ、人殺し……」

と、目をみはって立っている年寄りがいた。

「ちがう、おれじゃない。おれがやったんじゃない」

音松は血のついた短刀に手をかけたまま否定したが、

「人殺しだ！　人殺しだ！」

と、年寄りは逃げるように表に駆けて行った。

三

その日、おりつの夫・進藤甲兵衛の人相書ができた。

「どうだい。似ているかい……」

絵師を送りだしたあとで、伝次郎はおりつに問うた。人相書には似面絵が描かれ

ている。

「……なんだか、こうやって見ると罪人みたいですね」

おりつは人相書をためつすがめつ眺めていった。

「しかたないわ。でも、口でいうより人相書を見せたほうが人にはわかりやすいはずよ。それに、罪人だとは書いていないんですから……」

千草の言葉に、おりつはそうですねと小さくうなずく。

おりつの夫・甲兵衛は、中肉中背である。丈は五尺三寸（約一六一センチ）ほどで、鼻は低いが涼しい目許をしていた。そして、右目の横に米粒大の黒子《ほくろ》があった。年は二十六歳である。

「とにかく今日から探すことにする。おりつさん、なにか手掛かりがつかめたそのときには、いっしょに行ってもらうが、しばらくは無理をしないで体を休めていてくれるか」

「おまかせきりでは申しわけありません」

「いいのよ。少し様子を見て、体がすっかりよくなったら、そのときにまた考えればいいじゃない。それに、今日明日にでもご主人のことがわかるかもしれないでしょう」

「そうならいいんですが……」

「とにかく動いてみる」

伝次郎は人相書を懐に入れて腰をあげた。

長屋を出ると、そのまま祐仙の家に向かった。まずはおりつの薬料を払っておこうと思ったのだ。伝次郎は楽な着流し姿に大小を差していた。

今日は甲兵衛の手掛かりをつかむために、伊予吉田藩上屋敷を訪ねるつもりである。職人のなりでは、相手にされないだろうと考えてのことだ。

歩きながら晴れわたっている空を眺め、懐を押さえる。人相書は絵師に三枚描いてもらっていた。ほんとうは摺《す》りに出せばいいのだろうが、当面は三枚で間に合うと考えていた。

松井町二丁目の角を曲がり、弥勒寺《みろくじ》の前に来たとき、清らかな鳥の声が聞こえてきた。

(ほう、ようやく鳴きはじめたか……)

鶯《うぐいす》のさえずりだった。

鳴き声は弥勒寺境内から聞こえてきた。これからそんな声が町のあちこちで聞かれるはずだ。

「わざわざ持ってきてくれるとは奇特な。いやたしかに頂戴した」

祐仙宅を訪ねると、さっそく薬料を手わたした伝次郎を、祐仙はあらためて眺め、

「そなたは武士であったか」

と聞いた。

「しがない浪人ですから、職人仕事をするしかありませんで……」

「いやいや立派なことだ。身分がどうのと、とやかくいっているご時世ではないからな。しかし、以前よりそなたはそうではないかと思っていたのだ」

祐仙は目を細めて伝次郎を眺める。

「はは、みっともないことですが……」

「恥ずかしいことではない。はたらくということはよいことだ。それより、おりつ殿の具合はどうだ？」

「大分元気になりました。食も進むようになっています」

「なによりだ。おそらく長旅の疲れで体が弱っていたのだろう。人は体が弱ると、

病がしのび寄りやすくなる。それに、おりつ殿は子を宿している。本人はまだ自覚がなかったのだろうが、体が音《ね》をあげていたのだろう。あまり無理をしないようにいってくれ」

「はは、ありがとう存じます」

伝次郎はそのまま祐仙宅を辞し、自分の舟を舫っている山城橋に向かった。そのとき、ふと船頭の師匠だった嘉兵衛のことが脳裏に甦った。

船頭のイロハを一から教えてくれたのは嘉兵衛だった。伝次郎はその嘉兵衛を負ぶって何度か祐仙宅に診てもらいに行ったことがある。労咳《ろうがい》だった嘉兵衛は、祐仙の止めが入っているにもかかわらず、好きな煙草と酒をやめなかった。

そのことが死を早めたのかどうかわからないが、嘉兵衛は伝次郎の身代わりに死んでしまったのだった。

それは、もう何年も前のことだ。盗賊一味の村田小平太《むらたこへいた》という外道《げどう》に闇打ちをかけられたとき、伝次郎は祐仙の診察を終えた嘉兵衛を負ぶっていた。

冷たい雨の降る夜で、相手の襲撃を防ぐために嘉兵衛を下ろして戦った。それは、危うく伝次郎が斬られそうになったときだった。黒い影が目の前に飛び出してきたのだ。

それが嘉兵衛だった。小平太はそのまま逃げたが、嘉兵衛の傷は深く出血もひどかった。

急ぎ、嘉兵衛の家に連れ帰り、祐仙を呼んで手当てをしてもらったが、どうにもならなかった。その夜息を引き取るとき、嘉兵衛はいった。

――ああ、酒が飲みてえ。酒はうめえなあ……。

最期の言葉だったが、それ以前にも嘉兵衛は、伝次郎の胸が熱くなるような言葉を口にしていた。

――なんだか、てめえが倅《せがれ》に思えてきちまったぜ。

そのとき、伝次郎も、おれも嘉兵衛さんのことをただの師匠とは思えなくなりました、と口にしていたのだった。

しかし、嘉兵衛の船頭指南は厳しかった。棹の使い方をまちがえると、このうすら馬鹿とか、どこを見てやがる、ちゃんと水脈《みお》を読むんだとか怒鳴られることはしばしばだった。

そのおかげでいまの伝次郎があるのだ。

山城橋に行って自分の舟に乗り込んだ伝次郎は、着物を尻端折りし、襷をかけて棹をつかんだ。そして、その手をふと見てあらためて思い知った。

(なんだ、この節《ふし》くれ立った指は……)

以前よりその手は大きくなってもいた。すっかり船頭の手になっているのだ。師匠の嘉兵衛は小柄だったが、伝次郎の手よりそれは大きかった。

(おれも、いっぱしの船頭になったのかな……)

胸中でつぶやいた伝次郎は苦笑を浮かべながら、川底に棹を突き立てた。

行き先は伊予吉田藩上屋敷のある三十間堀《さんじっけんぼり》である。

四

伊予吉田藩上屋敷は三十間堀の北のほう、松村町《まつむらちょう》の東側にあった。地つづきに下屋敷もあり、在府の藩士の多くがこの屋敷内に住んでいる。

大川から八丁堀を上ってきた伝次郎は、南八丁堀一丁目と白魚《しらうお》屋敷を結ぶ真福寺《しんぷくじ》橋のそばに猪牙を止めて河岸道にあがった。

着衣を整え、少し緊張した面持《おもも》ちになる。かといって藩の重役に会うわけではない。おりつの夫・甲兵衛は、足軽《あしがる》身分である。上士《じようし》との付き合いはあまりないはずだから、会うのは下士《かし》である。

そのまま屋敷塀に沿って表門に向かう。表門は閉じられていて、門番の姿もなかった。

伝次郎は門脇にある潜《くぐ》り戸をたたき、訪《おと》ないの声をかけた。門内に控えていたらしい若い番人が潜り戸を開き、何用だと訊ねる。

股引、手甲脚絆《てつこうきやはん》に草鞋履きというなりだから、すぐに軽輩《けいはい》だとわかった。

「拙者は沢村伝次郎と申すものだが、以前、貴藩の進藤甲兵衛なる方に世話になり、礼を申したくて伺ったのだが、もし在府であれば取り次ぎをお願いできないだろうか」

前以《まえもつ》て考えていた科白《せりふ》である。甲兵衛は目付の調べで無実になっているらしいが、無断で国許を抜けだしていれば、脱藩と見做《みな》される。そのことを考えてのことだった。

「進藤甲兵衛殿ですか？」

「さよう」

番人は少し首をかしげてから、しばしお待ちをといって立ち去った。誰かに聞きに行ったのだ。待つほどもなく番人は戻ってきた。

「進藤殿は在府しておりません。いまは国許住まいです」

「それは残念。では、進藤殿をよく存じておられる方とか、仲のよい方がいらっしゃれば会わせてもらいたいのだが……」

「進藤殿と仲のよい」

番人は短く視線を彷徨《さまよ》わせ、

「わたしにはよくわからないことですが、出なおしていただければ聞いておきますが……」

と、親切なことを口にした。

伝次郎はお願いするといって、相手の名前を聞いた。菅谷準之助《すがやじゅんのすけ》といった。伝次郎はそのまま表門を離れたが、近くの茶屋に行って表の床几に腰をおろした。

もう昼下がりである。在府中の藩士のほとんどは八つ（午後二時）から夕七つ

（午後四時）には自由になる。伝次郎が会いたいのは下士なので、おそらく八つ過ぎには町に出かけるものがいるはずだ。

その勘はあたった。八つを知らせる鐘の音を聞いてしばらくすると、屋敷から出てくるものがいた。ひとりだったり仲間と連れ立っていたりといろいろだ。上士と下士は身なりからそれとなく見分けがつく。

甲兵衛は二十六歳である。伝次郎はその年代に近いものに目をつけた。

「進藤甲兵衛ですか。口取りをやっていたものですね」

最初に声をかけたものの反応はよかった。

「そんなことをやっていたかもしれぬが、ご存じか」

伝次郎は目を輝かせる。

「いえ、拙者はよく存じませんが、知っている人はいるはずです」

「どなたであろうか？　わかれば是非にも会いたいのだが……」

伝次郎は食い下がる。おりつは夫と仲のよい男が、在府しているかどうかわからないといっている。

「いますぐにはわかりませんが、屋敷に戻れば聞くことはできます」

「是非にもお願いしたい」

伝次郎は頭を下げた。

「では、少しお待ちいただけますか」

伝次郎はすぐそばの茶屋にいるといって、親切な男が屋敷に戻るのを見送った。

意外に早く甲兵衛を探すことができるかもしれない。伝次郎はそのことに期待した。

小半刻《こはんとき》（三十分）もせずにさっきの男が戻って来た。

「進藤殿と仲のよいものがひとりいますが、あいにく出かけています」

「その方の名は？」

「松本徳太郎《まつもととくたろう》という方です。今日は麻布《あざぶ》屋敷を訪ねているらしく、帰りはわかりません」

「麻布屋敷……」

「宇和島伊達《うわじまだて》家の屋敷です」

伝次郎はなるほどと思った。吉田藩は宇和島藩の支藩である。おそらく藩重役の供で本家に行っているのだろう。

「明日にでも会えますか？」

「会えると思います」

「では、拙者がぜひとも会いたがっている旨《むね》を伝えてもらえますか」

「承知しました」

伝次郎は礼をいって、相手の名を聞いた。親切な男は、栗野七九郎《くりのしちくろう》と名乗った。

舟に戻ったときには、日は大きく西にまわり込んでいた。伝次郎は着物を尻端折りし、襷をかけながら河岸道を行き交う人々を眺めた。

ここは町奉行所の与力同心が住む八丁堀に近い。河岸道を歩くかつての同僚らがいないかと気にしたが、知っているものを見ることはなかった。

伝次郎は来たときとはちがう楓川《もみじがわ》から日本橋川、そして大川という経路で帰路についた。

大川に猪牙を出したときに、うっすらとした夕靄が広がりはじめていた。棹から櫓《ろ》に替えて、大川をわたる。ゆったりうねりながら流れる川面が、日没間近の光を弱々しく照り返していた。

(案外、早くおりつ殿と夫を会わせせられるかもしれない)

櫓を漕ぎながらそんなことを思った。

五

「どうでした？」

家に帰りつくなり、手ぬぐいを姉さん被りにした千草が飛ぶようにしてやってきた。奥の間にいたおりつも振り返って近づいてきた。

「うむ、甲兵衛殿と仲のよい人がいるらしい。松本徳太郎という方だが、おりつさんは知っているかい？」

伝次郎は千草に大小をわたしながら聞いた。

「松本様ですか……」

おりつは小首をかしげて、知らないといった。

「栗野という親切な人がいて、明日松本殿に会うことになった。松本殿が知っていれば、すぐにでも甲兵衛殿に会えるはずだ」

「いまどこにいるかはわからないのですね」

「松本殿が知っているかもしれぬ。そうであることを願うだけだ」

おりつは視線を少し彷徨《さまよ》わせて、伝次郎に顔を戻した。

「もし、松本様が知らなかったらどうしましょう」

「案ずることはないでしょう。甲兵衛殿は何度か参勤で江戸に来ている。そうだったね」

「はい」

「その折に、贔屓《ひいき》にしていた料理屋や居酒屋があるはずだ。松本殿が知らなかったとしても、そっちから探っていくこともできる」

「おりつさん、無駄な心配はしないことよ。きっと会えるわよ」

千草は励ますようにいってから、

「今夜は店に出ようと思います」

と、伝次郎に顔を向けた。

「うむ、ではあとでおりつさんと店に行くことにしよう。今夜は千草の店で飯を食いましょう」

「それは楽しみですけど、もし忙しいようでしたらお手伝いしても構いませんが……」

「そのときはお願いするわ」

千草は気さくに応じて微笑み、さあ支度をしなきゃといって台所に戻った。店で出す料理を作っているようだ。

伝次郎は居間にあがると、あらためておりつを眺めた。顔色が朝よりよくなっていた。

「もうすっかりよくなったようだね」

「はい、伝次郎さんと千草さんのおかげです」

「とにかく腹にやや子がいるんだ。いまはまだ大丈夫だろうが、帰国の途は長旅だ。体にさわらないうちに帰れるようにしなければな」

「是非ともそうしたいものです」

「もしよかったらいっしょに店に行きますか」

台所に立っていた千草が振り返っていった。

「そうだな。おりつさん、いっしょに行くか」

「ええ。一度行ってみたいと思っていたんです」

おりつは頬にえくぼを作って、白い歯を見せた。

「それじゃ、おりつさん、少し手伝ってください。この鍋と丼《どんぶり》を風呂敷で包んでほしいの」

「はい」

おりつが立ちあがって台所に向かったとき、戸口に人がぶつかるような音がして、

「旦那さん、旦那さん」

という声とともに戸が引き開けられた。

音松の女房・お万だった。

「おお、これはめずらしい。お万じゃないか。どうした」

「大変なんです」

お万は転びそうになって上がり框に手をついた。髪を乱し、汗を噴きだしていた。

「大変とはなんだ？」

「うちの、うちの亭主が番屋にしょっ引かれたんです」

「なに」

伝次郎は眉宇《びう》をひそめて、どういうことだと問うた。

「笠井信三郎という質《たち》の悪い浪人が、うちの町に越してきたんですけど、その浪人

が刺されたんです。それでうちの亭主が下手人にされちまいまして……」

お万はべそをかきそうな顔になっていう。

「音松がやったのか？」

お万は激しくかぶりを振った。

「あの人はやっていない、信三郎さんを訪ねたら刺されていたので、助けようとしていただけだといっています。ところが間の悪いことに、忠兵衛《ちゅうべえ》という年寄りが、助けようとしていたうちの亭主を見て、すっかりあの人が刺したと思い込んだらしいんです」

「その信三郎という浪人はどうなった？」

「死にました」

「で、音松はどこだ？」

「佐賀町の番屋で、町方の旦那の調べを受けています」

「町方は誰だ？」

「知らない北御番所の人です」

「名は？」

「知りません。とにかく旦那さん、助けてください。うちの人は自分がやったんじゃないと、必死に訴えているんです。あたしもあの人がやったなんて、とても信じられないんです。旦那さん、助けてください」

お万は拝むように手を合わせて頭を下げる。

「お万、おまえさんは詳しいことは知らないんだな」

「知りません。あの人は集金に行っただけなんです。その途中で、どうして信三郎さんの家に立ち寄ったのか……。とにかく信三郎さんの家に、あの人がいたのはたしかなんですが……」

周章狼狽《しゅうしょうろうばい》しているお万は、なにも知らないようだ。

「音松は佐賀町の番屋だな」

「はい」

伝次郎はさっと千草を振り返った。

「千草、おれは音松に会いに行く。おりつさん、そういうことだから千草といっしょに店に行ってくれるか」

千草とおりつは同時にうなずいた。

伝次郎はそのまま家を飛び出した。

六

伝次郎は舟で行くか歩きで行くか迷ったが、そのまま歩いて行くことにした。お万が息を切らしながらついてきたが、

「お万、おれは先に行く」

と、伝次郎は振り返っていった。

「頼みます。あの人を助けてください」

伝次郎はさらに足を速めて先を急いだ。まずは詳しい話を聞かなければならないが、まさか音松が人を殺すとは思えない。信じがたいことだ。

そうはいっても人間どこでどうなるかわからない。些細《ささい》なきっかけやはずみで過ちを犯すのも人間である。しかし、相手が浪人だというのが気にかかる。

そして調べをしている北町の同心のことも気になる。知っている同心なら、ある程度融通が利き、話をしてもらえるだろうが、そうでなければ相手にされないだろ

う。

伝次郎は町奉行所を追われた身である。そして、いまは市井《しせい》に埋もれて船頭を稼業にしている。刀は差しているが、家禄もなにもないので浪人と同じである。町方はそんな人間をまともな目で見ない。

佐賀町に入ったときにはすっかり夜の帳《とばり》が下りていた。暗い通りを歩く人の姿もまばらだ。中之橋をわたり、音松の店前を素通りする。あたりまえのことだが、店は戸が閉められ、あかりもなかった。伝次郎は息を切らしながら、前方に目を凝らす。

佐賀町の火の見櫓《やぐら》が闇の中に浮かんでいる。高さ三丈二尺（約九・七メートル）の櫓だ。その下に自身番がある。ちょうど下之橋《しものはし》の手前である。

その自身番の前の道が、障子越しのあかりを受けて白く浮きあがっていた。と、その道が一段とあかるくなって、自身番から人が出てきた。

同心だ。羽織に着流し姿なのでそれとわかった。顔は見えず黒い影になっている。そのあとから二人の小者が、音松を連れ出してきた。音松は後ろ手に縛られ、腰縄をつけられていた。

「待ってください」

小走りになって伝次郎は声をかけた。

「旦那」

真っ先に音松が気づいて伝次郎に顔を向けた。それから、同心が顔を振り向け、

「や、おぬしは……」

と、太い眉を動かした。北町奉行所の定町廻り同心・長谷部玄蔵《はせべげんぞう》だった。

「長谷部さんでしたか」

伝次郎は息を整えながらゆっくり近づいた。

「音松に殺しの疑いがかかっているそうですが、話を聞かせてもらえませんか」

「なにをッ……」

長谷部は太い眉を動かし、いきなり敵愾心《てきがいしん》を剝き出すような顔になった。

「ご存じでしょうが、そいつはわたしが昔使っていた男です。殺しをするような男じゃありません。きっとなにかのまちがいでしょう」

「おい伝次郎、何様のつもりだ。きさまは御番所を追われた男。いまや一介の町人と同じではないか。昔とちがうんだ。身分もわきまえずいきなり話を聞かせてくれ

とは、笑止《しょうし》。無礼であるぞッ」

ぴしゃりといった長谷部は、体を動かして伝次郎に正対した。

「無礼の段、お許しください。しかし、昔のよしみでどういうことなのか教えていただけませんか」

伝次郎は唇を嚙む思いで、腰を低くして頼んだ。

「昔のよしみだと。きさまとおれはそんな仲であったか……。都合のよいことをいうんじゃないぜ。こいつァ、人殺しだ。その場を見たものがいる。動かぬ証拠だ。それにこいつの手には血がべっとりついていた。着物にもだ。もっともこいつは自分はやっていないといい張っているが、人殺しはどいつもこいつも同じことをいう」

「調べは十分なのですか？」

「生意気なことをぬかしやがる。調べは大方すんだ。これから大番屋に身柄を移して、腰を据えての調べだ。きさまがしゃしゃり出てくる場じゃない」

これでは取りつく島がない。伝次郎は奥歯を嚙んで、長谷部から音松に視線を向けた。

「音松、おまえがやったのか？」

「旦那、あっしはそんなことは神に誓ってやっておりません」

音松は泣きそうな顔で声を搾りだした。

「釈明はしたのだな」

「ことの経緯は嘘偽りなく話しています」

「おい、勝手なことをしゃべくり合うんじゃない。亀五郎《かめごろう》、勘助《かんすけ》、先に連れて行け。おれはこやつと話してあとを追う」

長谷部が顎をしゃくって指図すると、二人の小者が音松を引っ立てていった。伝次郎があとを追うように足を進めると、長谷部が鞘《さや》ごと抜いた刀をさっと目の前にかざして立ち塞がった。

「なんだ、昔のことを思い出して町方の真似事でもしたいっていうのか。そんなことはさせねえぜ」

伝次郎は腹の中に煮え立つ怒りを感じた。だが、その憤怒《ふんぬ》を抑えて、長谷部をにらむように見た。

「差し出がましいことをするつもりはありません。ただ、真実を知りたいだけです」

「真実だと……」

「嘘偽りのないことです」

「おい、なめてるのか……」

長谷部が息がかかるぐらいの近さまで、がっちりした体を寄せてきた。伝次郎は背が高いので少し見下ろす恰好になったが、長谷部はそんなことには頓着《とんちゃく》せず、下からにらみあげてくる。

「きさまは御番所の掟《おきて》を破った粗忽者《そこつもの》であろう。よりによって大目付の屋敷に下手人を追って騒ぎを起こすとは不届き千万。そのうえ下手人を捕り逃がしてもいる。伝次郎、きさまは妻子を亡くしているが、そのもとはきさまが作ったのだぞ。わかっているのか。逃がした下手人に妻子を殺されたのは、きさまに落ち度があったからだ。そうではないか」

「……………」

「南町奉行はきさまを庇ってくれたそうだが、うまくいかなかった。そうだな」

長谷部は冷ややかな視線を伝次郎に向けてつづけた。

「仲間を庇うために、きさまがひとり責を負う恰好で詰め腹を切ったというが、当然のことであろう。御番所の中にはきさまに同情するやつもいたようだが、きさまが御番所を去るのは当然のことだった。おれは一切の同情もしねえし、したくもない。なぜだかわかるか？」

「…………」

伝次郎は唇を噛んで、拳をにぎりしめた。

「決まり事を守れぬやつに、人を取り締まることなどできぬからだ」

「重々承知していますが、話だけでも……」

「くどい。身の程を知れッ」

長谷部は遮って一喝《いっかつ》すると、くるっと背を向けて歩き去った。

屈辱に耐える伝次郎は、長谷部の姿が暗い闇に溶け込むまでその場に立ち尽くしていた。

七

「旦那……」

か細い声が背後でした。振り返ると、お万が肥えた体を小さくして一礼した。

「旦那にご迷惑……」

「気にするな」

伝次郎はお万に近づくと、おまえは帰っていろといった。

「どうするんです？」

お万は不安を隠せない顔を向けてくる。

「音松がやったかどうか、調べなきゃわからないことだが、おれは音松を信じている」

「でもさっきの旦那は……」

「御番所の同心にはああいう人もいる。さ、帰るんだ。なにかわかったら知らせることにする」

「はい、お願いいたします」

お万はしょんぼりうなだれたまま、自分の店に戻っていった。

伝次郎は大きく息を吸って吐き出すと、目の前の自身番を訪ねた。

安兵衛《やすべえ》という書役と二人の番人がいた。三人とも知った顔である。

「音松のことだが、少し教えてくれねえか。長谷部さんはどんな調べをした？」

「どんなといわれましても……」

安兵衛が戸惑った顔を二人の番人に向けた。

「音松は自分がやったといったのか？」

「それはいっていません。信三郎さんの長屋に行ったら、戸口のそばで胸を刺されて虫の息だった信三郎さんが倒れていたと。それで声をかけて刺さっていた短刀を抜こうとしたとき、同じ長屋に住む忠兵衛という年寄りが立っていたと。忠兵衛さんはそれを見て、音松さんが信三郎さんを刺したんだといっています」

「忠兵衛は音松が信三郎という男を刺すのを見たのか？」

「それは見ていなかったそうですが、胸に刺さっている短刀を、音松さんがつかんでいたのはまちがいないといっています」

伝次郎は内心で舌打ちした。

「だが、音松は自分が刺したのではないといってるんだな」

「音松さんは、木戸口で頬被りした男と肩がぶつかったそうです」

いったのは平太《へいた》という番人だった。伝次郎は平太を見た。

「そのあとで長屋から出てきた男が逃げるように駆け去ったので、音松さんが気になって信三郎さんの家に戻ると、刺されていたということでした」

「すると、その男と肩がぶつかる前にも、音松は、信三郎の家にいたのか？」

「豊島橋の近くで信三郎さんに呼び止められて、家に連れて行かれたと音松さんはいってます」

伝次郎は眉間にしわを寄せて、短く視線を泳がせた。

「すると、信三郎が音松を自分の家に誘ったということか……」

「その辺のことはよくわかりませんけど、そんなことをいっていました」

春吉《はるきち》という番人だった。

「駆け去った男のことを音松は覚えているのか？」

「頬被りしていたので、よく見ていないそうで……」

な、そういっていたな、と春吉は鼬《いたち》顔の平太を見た。

「他にわかっていることは……」

伝次郎は三人を順繰りに見ると、

「だいたいそんなとこでした」

と、書役の安兵衛がいった。

「信三郎の家はどこだ？」

安兵衛が金作長屋を詳しく教えてくれた。

伝次郎はすぐに金作長屋に足を運んだ。自身番からほどない佐賀稲荷のそばに、その長屋はあった。暗い路地には腰高障子越しのあかりがこぼれている。一軒の長屋から出てきた男がいたので、伝次郎は声をかけた。

「忠兵衛という年寄りがいると思うが、どの家だ？」

「この一番奥ですよ」

男は奥の井戸に近い家を指さした。

「信三郎という浪人の家は？」

そう聞くと、相手はギョッとしたような顔になり、伝次郎を品定めするように見た。

「……ひょっとして町方の旦那ですか？」

「そうじゃないが、いろいろわけがあってな」

相手は怪訝そうな顔をしたが、信三郎の家を教えてくれた。なんのことはないすぐそばだった。その家だけあかりがついていず、暗く沈んでいた。死体はどうなったのだろうかと気になったが、そのことはあえて聞かないで、忠兵衛の家を訪ねた。

「へえ、あっしは見ましたよ」

晩酌していた忠兵衛は、戸口に立つ伝次郎の問いに答えた。

「刺したところを見たわけではないのだな」

「それは見てませんが、信三郎さんの胸に刺さった短刀をつかんでいたんです」

「音松はその短刀を抜こうとしていたらしいが……」

「そりゃどうかわかりませんが……まったくいやなものを見ちまいました」

「そのとき、他に誰かいたか？」

「いえ、あっしは表から帰ってきたところで、誰もいませんでした」

「頰被りをした男を見なかったか？」

「いいえ」

忠兵衛は首を振った。

伝次郎は他にも聞くことがあると思ったが、一度頭を整理しようと考えた。

「せっかくのところを邪魔した」

長屋を出ると、自身番で聞いたことをもう一度頭の中で考えた。わからないのは、音松と殺された信三郎がどういう仲だったのかということだ。

音松から信三郎という名を聞いたことはない。

（とにかく一度頭を冷やそう）

久しぶりに会った長谷部玄蔵にひどいことをいわれたので、少なからず頭に血がのぼっていた。

しかし、夜道を歩きながらも、音松のことが気にかかる。大番屋にしょっ引かれた音松は、おそらく拷問にかけられるだろう。罪を認めなければ、その度合いは強くなる。

そして、拷問するのは長谷部玄蔵だ。昔から〝かたぶつ〟といわれていた男で、依怙地《いこじ》で執拗《しつよう》な性格だった。だが、探索方の同心としての能力は誰もが認めている。

かたぶつといわれて嫌われているのは、その人間性だけである。

千草の店の近くまで来たとき、楽しそうな笑い声が聞こえてきた。それに常連客の為七の声が混じっていた。すでに酔っている声である。

（おめでたいやつだ）

伝次郎は苦笑して店の戸を引き開けた。客の視線が一斉に飛んできて、板場から銚子を二本持ったおりつがあらわれた。

「旦那のお出ましだぜ、千草さん！」

酔っている為七が茶化した声をあげると、他の客が楽しそうに笑った。

「為七、毎晩過ぎてんじゃねえか」

伝次郎はたしなめて、小上がりの隅にあがった。

「手伝ってくれてるのか」

伝次郎はおりつに声をかけた。

「はい」

「体はいいのか？」

「ご覧のとおりすっかりよくなりましたから……」

おりつは小さく微笑んで、為七の席に銚子を運んでいった。ガラリと勢いよく戸が開けられたのはそのときだった。

「おお、いたぜ」

入ってきた男がそういって、伝次郎に険悪な目を向けた。

先日、難癖をつけてきた蛇の目の定五郎だった。連れの茂造の顔もその後ろに見えた。

「どけ」

定五郎がそばにいたおりつを突き飛ばすように肩を押した。

「きゃッ」

おりつは柱に体をぶつけて、尻餅をついた。同時に手にしていた銚子が、土間に落ちて割れた。伝次郎は目を険しくして定五郎をにらんだ。

第四章　拷問杖

一

「おりつさん、大丈夫」

板場から飛び出してきた千草が、おりつに取りすがった。

「ええ……」

痛そうに顔をしかめて答えるおりつは、尻餅をついたときに腰をどこかに打ちつけたらしく、そこをさすっていた。

「あんた、なんてことすんだい！」

千草はしゃがんだまま定五郎をにらんだ。

「ほう、相変わらず気の強《つえ》ェ女将だ。だが、今夜はおめえさんに用はねえ」

定五郎は伝次郎の前に来て仁王《におう》立ちになった。他の客はしーんと黙り込んでいた。

「この間はとんだご挨拶だったな」

伝次郎は静かに定五郎を見て、連れの茂造にも目を向けた。二人とも腰に段平《だんびら》をぶち込んでいた。そして伝次郎は、茂造の背後にもうひとりいる男に気づいた。それは浪人らしき男だった。

「なんだてめえ刀を持っているのか」

定五郎は大きな目を剝いて、座っている伝次郎を見下ろす。

「騒ぎはごめんだ。他の客の迷惑だから、静かにしてくれないか」

「癪《しゃく》にさわることを……」

「帰っておくれ！」

千草がおりつを立ちあがらせて、定五郎に鋭い声を飛ばした。

「いま出て行くからぎゃあぎゃあ喚くな、この大年増が……」

定五郎は千草を一瞥《いちべつ》すると、

「おめえに話がある。ちょいと表に出てくれねえか」

と、伝次郎にいって顎をしゃくった。

伝次郎は一度深いため息をついた。相手をしなければ、この場は収まりそうにない。差料《さしりょう》を手にすると、しかたなく腰をあげて、雪駄《せった》を履いた。定五郎が表に出て行く。伝次郎はそのあとにしたがった。

「伝次郎さん……」

おりつの肩を抱いたままの千草が、不安そうな声をかけてくる。

「すぐに戻る」

伝次郎はそういうと店を出て、後ろ手で戸を閉めた。

茂造のそばに、ひとりの浪人が懐手をして立っていた。

「伝次郎っていうのかい」

茂造がたるんだ二重顎をふるえるように動かして見てきた。

「なんの用だ？」

伝次郎は三人をゆっくり眺めた。

「この前のお返しに可愛がってやろうと思ってるのさ。ふふふ……」

定五郎は人をいたぶるような顔をして、つるっと顎を撫でた。

「懲りないやつだな」

「なんだと」

定五郎が肩を怒らせる。

「おれも今夜は虫の居所が悪い。どうせ喧嘩を吹っかけに来たんだろう」

「おうおう、粋がったこというんじゃねえぜ。どうせ、腰の物は竹光《たけみつ》だろう。抜けるものなら抜いてみやがれ」

茂造がたるんだ二重顎を突き出していった。

「四の五のと耳障りなことを……」

伝次郎はゆっくり足を進めた。

「なんだと。もういっぺんいってみやがれッ!」

茂造がつばきを飛ばしながら喚いた。

「耳障りだといったんだ」

伝次郎はそういうなり、茂造の足を払った。虚をつかれた茂造は、でぶった体を無様に宙に浮かして、どしんと地面に落ちた。さっきの威勢はどこへやら、腰を押さえて「いててて」と顔をしかめている。

「やりやがったな」

定五郎が腰の刀を引き抜いて、身構えた。

「そんなもん抜いたら怪我だけじゃすまねえぜ」

伝次郎はあくまでも落ち着き払って忠告する。

「うるせー!」

定五郎がいきなり斬りかかってきた。伝次郎は半身をひねって、軽く躱す。いきり立っている定五郎は、やみくもに刀を振りまわした。

伝次郎は小刻みに足を使って、風をうならせる刀をかわすだけである。定五郎は目を血走らせて刀を振るが、それに威力はなかった。伝次郎にはその剣筋がすべて見えた。初心者を相手にしているようなものだ。

「この野郎、逃げてばかりいやがって」

ハアハアと、定五郎は肩を動かして荒い息を吐き、

「くそッ」

と、上段に刀を振りかぶって、そのまま斬り込んできた。その刹那《せつな》、伝次郎は定五郎のがら空きの脇の下に飛び込むように動いて、片腕をつかむなり、そのまま足

払いをかけて大地にたたきつけた。同時に刀を持っている腕を強く踏みつけた。刀が定五郎の手から離れる。

「いててて ッ、は、放しやがれ。桑原《くわはら》さん、なにしてんです。こいつを、こいつを……」

定五郎が仲間の浪人に助けを求めたとき、ゴキッと妙な音がした。

伝次郎が定五郎の腕の関節を外したのだ。

「ぎゃあー」

定五郎は悲鳴をあげて、地を転げまわった。

「おもしろい。やるじゃねえか、伝次郎とやら……」

桑原という浪人だった。

ゆっくり歩を進めてくると、伝次郎と間合い二間《けん》で立ち止まった。

「今度はおれが相手だ」

桑原はそういうなり、さっと刀を抜いた。

二

「遠慮はいらぬぞ」

桑原は雪駄を後ろに飛ばして、青眼《せいがん》に構えた。伝次郎もこの相手は勝手がちがうと思い、鯉口《こいぐち》を切って柄《つか》に手を添え、わずかに腰を落とす。

桑原が爪先で地面を嚙みながら間合いを詰めてくる。伝次郎はゆっくり右にまわった。月が翳《かげ》りあたりがほの暗くなった。桑原の顔が黒い闇に塗り込められる。

桑原の軸足に力が入った。同時に、二段突きの攻撃を仕掛けてきた。

伝次郎はさっと一歩下がって、抜きざまの一刀で、突いてくる刀をすり落とし、素早く相手の背後にまわり込んだ。すかさず右八相《はっそう》から袈裟《けさ》懸《が》けに撃ち込もうとしたが、その前に桑原が横に跳んで逃げた。

伝次郎は片眉を動かした。桑原が予想外の動きをしたからだった。逃げて間をとった桑原は伝次郎に正対すると、下段の構えから青眼に刀を動かし、さらに右八相に構えた。なんとも落ち着きのない動きである。

伝次郎は臍下《せいか》に力を入れて、ゆっくり息を吐きながら剣尖《けんせん》をわずかにあげた。その切っ先は、桑原の喉に向けられている。

叢雲《むらくも》に呑まれていた月があらわれたらしく、またあたりがあかるくなった。

さっと桑原が上段に刀を移した。伝次郎は眉をひそめる。桑原は構えを変えるだけで、攻撃をしてこようとしない。

伝次郎はだらりと刀を下げた。桑原は目を見開き、ピクッと眉を動かした。伝次郎がそのまま間合いを詰めたとき、桑原が撃ち込んできた。

ガチッ。刃と刃が嚙み合い小さな火花が散った。

桑原の一撃を伝次郎は受け止めていた。そのまま鍔迫《つばぜ》りあう形になって、右にゆっくり動いた。

「ここまでだ」

桑原が囁き声を漏らした。その頰が引き攣《つ》っていた。さらに桑原は言葉を足した。

「刀を引いてくれ。おれも引く。ここまでにしておこう」

伝次郎が眉宇をひそめると、

「おぬしの力はわかった。おれのかなう相手ではない。頼む、ここまでにしてくれ」

ささやく桑原の目には臆病な色が浮かんでいた。それに、すっかり戦意をなくしているのも読み取れた。

伝次郎はふっと小さな吐息をついた。

「それが身のためであろう」

そういうと、さっと桑原は飛びすさり、

「伝次郎、勝負はお預けだ。茂造、定五郎、引きあげる」

と、あくまでも虚勢を張って刀を鞘に納めた。

「な、なんですって……」

定五郎が慌てた顔をした。

だが、それには構わず桑原はさっと背を向けて、高橋のほうへ歩き去るので、定五郎と茂造が慌てて追いかけた。

「強ェ……」

小さな声がした。千草の店の前に立っている為七だった。他の客も為七のそばにいた。

「いや伝次郎さん、あんたほんとに強いんだね。元町方だと聞いちゃいたけど、酔いが醒めちまったよ」

「ほんと、気持ちよかったぜ。なあ」

他の客が連れを見て感心顔をした。

「見世物じゃないんだ。さあ、飲もうじゃないか」

伝次郎は野次馬となっているものたちをたしなめて店に戻った。

客たちはしばらくの間、伝次郎の立ち合いについて話していたが、そのうち興奮が冷めたらしく、世間話に戻っていった。

伝次郎は二合の酒を飲むと、千草をそばに呼んだ。

「音松のことで、お万に会ってくる」

「そのことがずっと気になっていたんです。どうなったんです？」

「まだはっきりしたことはわからないが、音松に殺しの疑いがかかっているのはほんとうだ。なにかのまちがいだとは思うのだが……」

「まだ番屋にいるんですか？」

「大番屋に移された」

「それじゃ大変じゃないですか」

千草も大番屋がどういうところだか知っているから顔をこわばらせた。

大番屋は容疑者の罪状を固めて、牢送りにする場所といっても過言ではなかった。もっとも牢送りには、罪を犯したその証拠をはっきりさせなければならないが、本人が自白すればそのかぎりではない。

それにきつい拷問を受ければ、楽になりたいがために、犯してもいないのに罪を認めてしまうことがある。伝次郎が危惧《きぐ》するのはそのことだった。

「もう一度戻ってくるつもりだが、遅くなるようだったらおりつさんと先に帰っていてくれ」

「わかりました。気をつけてくださいよ」

「うむ」

三

「知り合ったのは最近のことなんです」

お万は悄気《しょげ》た顔でつぶやくようにいう。普段はだめ亭主だとか、馬鹿だ、おたんこなすなどと、悪口《あっこう》を憚《はばか》らないが、やはり長年連れ添った音松のことが心配なのだろう。

「どうやって知り合ったのだ?」

「噂好きの青物屋がいるんです。又蔵さんというんですけど、その人が信三郎のことをああだこうだとしゃべるものだから、そんな厄介者なら知っておく必要があるといって、様子を見に行ったら、そこで引っかかっちまったらしく……ここにも何度か来たんです。あ、いまお茶を」

お万は腰をあげて台所に行こうとしたが、伝次郎はすぐに引き止めた。

「構わなくていい。それで音松と信三郎の間でなにかあったとか、信三郎が音松に無理難題を吹っかけたとか、そんなことはなかったか?」

伝次郎はお万を見つめる。憔悴《しょうすい》しているのだろうが、肥えているのでそうは見えない。ただ、弱り切った顔をしているだけだ。

「……信三郎が何度か誘いに来たことがあります。うちの人は気乗りしないながらも、誘いを断ればどんなことになるかわからないから、行ってくるといって付き合っていました。そうはいっても、二度か三度ぐらいだったんですがね」

「信三郎と揉めていたようなことはなかったんだな」

「それはありませんでした。でも、うちの人は勝手に信三郎の友達にされていたんです。そういうふうに信三郎がいい触らしていたんです。あの人は迷惑がっていましたが……」

「さようか……」

迷惑だからといって、音松が人を殺すことなど考えられない。

「この町で信三郎をよく知っているのは誰だかわかるか？」

「それだったら又蔵さんでしょう。この先で小さな青物屋をやってる人です」

「これから会いにいってみるか」

「旦那、どうかうちの人をよろしくお願いします。助けてください。これはきっと、なにかのまちがいなんです」

「おれもそう思っている」

伝次郎は音松の家を出ると、青物屋の又蔵を訪ねた。当然店は閉まっていたが、戸をたたいて声をかけると、すぐに出てきたのが又蔵だった。

頭髪のうすい痩せた初老の男で、伝次郎が音松と信三郎のことを口にすると、又蔵は聞かれもしないのに勝手にしゃべった。

「いやまあ、あの男が戻って来て、しっちゃかめっちゃかだったんですよ。長屋の連中はなにも知らないから、はじめは親切にしていたようですが、そのうち信三郎の化けの皮が剝《は》がれると、長屋のつまはじきものになっちまいましてね。どうぞお入りください。おい、茶を淹れてくれるか」

又蔵は忙しくしゃべりながら居間にあげてくれた。すぐに古女房が茶を持ってきて下がった。

「信三郎はいろいろ揉め事を起こしていたってことか?」

「起こすなんてもんじゃありませんよ。ありゃあ、五年ぶりに帰ってきたんですが、あの男がいなくなったときゃ、みんなホッと胸を撫で下ろしていたんです。赤飯を炊いてめでたがったぐらいですからね。ところが、ひょいと戻ってきて、あたしゃこりゃまた大変なことになると思っていたら、喧嘩騒ぎはするわ、家に女を引っ張り込んできて、やくざもんに殴り込みをかけられるわ、入った店で因縁をつけて暴れるわ。いや、正直なことをいっちまいますがね」

又蔵は声をひそめて、身を乗りだしてつづける。

「あれが殺されて、ホッとしてんです。わたしだけじゃありませんよ、この町の人間は大方そう思っているはずです」

「音松にはその殺しの疑いがかかっているんだが……」

「そりゃあ音松さんがやったのかどうかわかりませんよ。だけど、信三郎は音松さんを友達だ友達だといってました。音松さんはいやがっていましたがね。わたしも音松さんに気をつけなといっていたんですが……。それにしても、どういうことなんでしょうね」

「やくざもんが殴り込みに来たといったが、それはどこのやくざだった？」

「さあ、どこのやくざでしょうか……」

又蔵は首を捻《ひね》る。

「信三郎が迷惑をかけた店を教えてくれないか？」

その問いに、又蔵は五軒の店を口にし、どの店も出入り禁止にしていたと付け加えた。

「それで、信三郎はなにを生業《なりわい》にしていたんだ？」

「それが不思議なんですよ。職を持ってるわけじゃないのに、昼間から酒飲んだり、釣りに行ったりとそりゃ優雅なもんです。金に困っている様子でもないから、みんなどんな稼ぎをしているんだろうって首をかしげていたんです。どうせろくなことはやってなかったと思いますがね。さ、お茶が冷めないうちに召しあがってください」

伝次郎は勧められるまま茶に口をつけて言葉を足した。

「信三郎は五年ぶりに帰ってきたといったが、どこでなにをしていたかわかるか？」

「わかりっこありませんよ。まともなことはしてなかったと思いますが……」

「それじゃ、この町からいなくなる五年前はなにをしていた？」

「それもわからないんです。遊び暮らしているようにしか見えませんでしたからね。友達もいたのかいなかったのか、それもわからないんです。あの男と酒を飲んだり、遊んだりしている人を誰も見てないんです」

伝次郎は少し考えてから、信三郎が住んでいた金作長屋の大家の家を教えてくれといった。長屋の住人になる際には、店請人《たなうけにん》が必要になる。いわゆる身元保証人である。伝次郎はその線から信三郎のことがなにかわかると思った。

殺されるにはなにかの理由がなければならない。信三郎にもそれはいえるはずだ。だから、その素行が気になった。

又蔵の店を出て、大家の金作に会ったのはそれからすぐのことで、店請人はすぐにわかった。

小網町二丁目にある足袋股引屋、江州《ごうしゅう》屋儀八《ぎはち》というものだった。

四

「わたしも探してみようかと思うんです」

おりつが夫探しをすると申し出たのは、翌朝のことだった。

「伝次郎さんだけを頼るのも心苦しいですし、わたしは過分な親切をしてもらいお世話にもなっています。千草さんも力を貸してくださるとおっしゃるので、ぜひにもそうさせてください」

おりつは手をついて頭を下げる。

「体はもういいのか……」

血色のよくなったおりつの顔に、障子越しの朝の光があたっていた。若いのできめの細かい肌はつやつやしている。

「もう心配いりません」

「お腹が大きくなると、身動きもままならないでしょうが、いまのうちなら差し障りはないはずですから……。それにあなたには、音松さんのこともおありでしょうし」

千草が言葉を添える。

「わかった。だが、今日一日待ってくれ。今日は甲兵衛殿をよく知っているという人に会えるはずだ。その方が甲兵衛殿の居所を知っているかもしれぬ。そうであれば、ここに連れてくるなり、おりつさんを呼びに来るなりすることにする。居所がわからなくても、探す手掛かりがあるかもしれぬ。探すのはそれからでもよいのではないか」

千草とおりつは顔を見合わせた。

「それじゃ今日は、伝次郎さんの知らせを待つことにしましょうか。おりつさん、そういうことでいかがです」

千草がおりつを見ていう。

「……わかりました。それではよろしくお願いいたします」

伝次郎はその日も、着流しに大小というなりで家を出た。おりつの夫探しもあるが、音松のこともある。しばらく船頭仕事は休業にするしかない。

山城橋のたもとから猪牙を出した伝次郎は、そのまま大川をわたり、日本橋川に入った。川上から下ってくる無数の舟があったが、そのほとんどが魚河岸に魚をおろした漁師舟だった。

川は春の日射しをやわらかくはじき、その光が小網町河岸につらなっている白漆《しっ》喰《くい》の蔵の壁に揺れながらあたっていた。

鎧《よろい》ノ渡し場に近いところで猪牙を舫うと、そのまま大番屋に足を向けた。同心時代なら難なく出入りできる場所だが、いまは勝手がちがう。拘留されている音松に会うためには、長谷部玄蔵の許しを得なければならない。

そして、長谷部がまだ来ていなければ待つことになる。伝次郎はそのことも覚悟して、大番屋を訪ねた。案の定、長谷部はまだ来ていなかった。

近くの茶屋でその登場を待つしかないが、その間に吉田藩上屋敷を訪ねようか、あるいは信三郎の店請人になっている江州屋儀八を訪ねようかと迷った。だが、どうしても音松のことが心配である。先に音松本人から詳しいことを聞きたかった。

長谷部玄蔵があらわれたのは、それから小半刻後のことだった。茶屋の床几から立ちあがった伝次郎は、長谷部が大番屋に入る前に声をかけた。

「なんだ、おぬしか……」

長谷部は無粋《ぶすい》な顔を向けてくる。脂ぎったごつごつした顔が朝日にてかっていた。

「お願いがあります。音松に会わせてくれませんか」

伝次郎は頭を下げて頼んだ。

「会ってどうする?」

「話をしたいんです。ただそれだけです」

長谷部は短く思案顔をして口を開いた。

「伝次郎、おぬしは音松の疑いを晴らしたいんだろうが、それを証拠立てるものはなにもない。これまでの調べのかぎり、音松は十中八九、下手人だ」

「しかし、下手人だとする決め手はまだないのでは……」

「忠兵衛という年寄りの証言がある。忠兵衛は音松が信三郎を刺したといってるのだ」

「忠兵衛は、音松が信三郎を刺すところを見てはいません」

長谷部の太い眉が動いた。

「忠兵衛に会ったのか……まあ、おぬしのことだ、さもありなん。どうせ、佐賀町界隈でも聞き調べをしているんだろう」

「………」

「ま、いい。おぬしに免じて許してやろう。だが、手短に頼むぜ」

「かたじけのうございます」

伝次郎は長谷部の意外な寛大さに感謝した。

仮牢に入れられていた音松は、伝次郎を見るなり牢格子に取りついて、「旦那」とすがるような顔を向けてきた。

「厄介なことになったな」

「申しわけもありませんで。ですが、旦那、あっしはやっていないんです。ほんとうです」

「おれもそうだと信じちゃいるが、ありのままを話してくれ」

伝次郎が話を請うと、音松は包み隠さず話しますといって、集金に出てからのことを話していった。

それは、浜屋の集金を終え、豊島橋の手前で信三郎に声をかけられてからのことだった。話があると信三郎にいわれ、長屋についていき、そこで伊勢屋の女房と、旗本の桜井鉄之助が通じていて、それを種に口止め料をもらう算段をしていることを打ち明けられ、手伝ってほしいと頼まれた。

音松は一晩考えさせてくれといって長屋を出た、その際、木戸口で頬被りをした男と肩がぶつかったこと。そして、その男が逃げるように駆け去ったので、いやな胸騒ぎがして信三郎の家に戻ったことなどだった。

「信三郎は仰向けに倒れていたのか？」

「苦しそうに少し上を向いていましたが、もうそのときは虫の息でして、声をかけても返事はしませんでした。それで、胸に刺さっている短刀を抜こうとしたとき、忠兵衛という年寄りが戸口の前に立っていたんです」

「他に長屋の者はいなかったのか？」

「家の中にはいたようですが、路地にも井戸端にも人の姿はありませんでした」

「肩がぶつかった男の顔は覚えているか？」

音松は首を横に振った。ただ、棒縞の着物を着ていたといった。しかし、棒縞の着物は巷《ちまた》にあふれている。それだけで男を探すことはできない。

「背や年恰好はどうだった？」

「背はあっしより高かったです。痩せてもいず太ってもいませんでした。その辺の職人のようにもやくざもんのようにも見えましたが、ゾッとするような目をしていたのだけは覚えています。年は三十は越えているでしょうが、四十に届く年じゃなかったと思います」

「信三郎に恨みを持っているような人間に心あたりはないか？」

「一度、あの人はお吟という女を家に連れ込んだことがあります。そのとき三人のやくざもんが殴り込んできて、袋叩きにあってます。そのあとで信三郎さんは仕返しに行ったようですが、会えなかったようなことをいってました。お吟というのは、柳橋の売女だと信三郎さんはいっていましたが……」

「信三郎を袋叩きにした連中のことは覚えているか？」

「それが……」

音松は困り顔で首をかしげて、よく覚えていないが、顔を見ればおそらく思い出せるといった。心許ない返事に、伝次郎は少なからず落胆するしかない。しかし、柳橋のお吟を探すことができれば、三人の男のことは見つけられそうだ。

「いま話したことは長谷部さんも知っているんだな」

「なにかも話しています」

「音松、おめえの仕業《しわざ》じゃないなら、なにがあっても折れるんじゃねえぜ」

「へえ、わかっています」

伝次郎は音松をじっと見つめた。長谷部が中途半端な調べをしないというのは昔から知っている。自白させる拷問にも手を抜くことはない。

「しばらく辛抱していな。おれがなんとかする」

「旦那、お願いします」

音松は泣きそうな顔で頭を下げた。

仮牢を離れた伝次郎は、長谷部に会うと、殺しに使われた凶器を見せてくれと頼んだ。長谷部は気乗りしない顔をしたが、しぶしぶ見せてくれた。

それは長さ九寸五分(約二九センチ)の両刃造りだった。柄巻《つかまき》は信三郎の血を吸って黒くなっていた。

「これは音松のものですか？」

伝次郎は音松がそんな刃物を持っていないということを知っているが、長谷部の反応を見たかった。長谷部は表情ひとつ変えずに答えた。

「その気になりゃあ、こんな得物《えもの》はどこからでも手に入れることができる。やつは自分のじゃないといっているがな……」

「死体を見せてもらうわけには……」

「そりゃあならねえし、もうここにはない」

長谷部は遮っていった。

「死体の傷はどんな具合でした？」

大事なことである。

「正面から一突きだ。急所を外していない。偶然そうなったのかもしれねえが……」

長谷部はあくまでも音松の疑いを解く気はないようだ。

「いろいろとありがとうございました」

伝次郎はとりあえず引き下がることにした。ひとまず聞きたいことは聞いたはずだ。そのまま大番屋を出ようとすると、長谷部が呼び止めた。

「伝次郎、おぬしが元同心というよしみでいうが、音松が無実だと思うなら、それを証《あか》してみるんだ。だが、おれはやつの嫌疑を固める。どっちが勝つか勝負だ」

こんなことで勝負もなにもないだろうと思うが、口の端に不敵な笑みを浮かべる長谷部は本気の顔をしていた。だから伝次郎は答えた。

「わかりました。勝負です」

五

おりつの夫・進藤甲兵衛を探すために、吉田藩上屋敷へ向かいながら、ふと気づいたことがあった。そこが楓川沿いの河岸道だったからだ。

町奉行所時代といわず、幼少の頃から通りなれた道だった。どこにどんな店があり、どんな屋敷があるか、目を閉じてもわかる。無論、替わっている店もありはするが、その佇《たたず》まいは何年たっても同じだった。

そして、南北町奉行所に出勤する与力や同心の姿もあった。妙な感慨とともにある種の懐かしさが胸の内にわいた。

しかし、それは未練であろうか……。

伝次郎はかぶりを振って足を急がせた。朝のうちに進藤甲兵衛と仲がよいという松本徳太郎という藩士に会えるかどうかわからなかったが、屋敷を訪ねると、思いの外あっさりと会うことができた。

相手は軽輩の身なので、門内控え所での対面となったが、構うことはなかった。

「なに、甲兵衛が江戸に……」

伝次郎の話を聞いた松本徳太郎は、目をしばたたいた。団子鼻で色の黒い男だった。

「じつはここだけの話にしてもらいたいのですが、他言しないとお約束いただけますか」

伝次郎は慎重である。甲兵衛は勝手に藩を抜けだして江戸に来ているのだから、見方によれば脱藩ととらえることもできる。藩則はそれぞれであろうが、ややもすれば刑罰の対象になるかもしれない。

「それは話次第でしょうが……おりつ殿が江戸に見えているというのであれば……わかりました、拙者の胸にたたみ込んでおきましょう」

徳太郎は少し迷ってからそう答えた。

伝次郎はおりつから聞いた話をしてやった。

「なに、あやつが人を……」

「相手は百姓だったようですが、目付の調べで甲兵衛殿は罪に問われないことになったらしいのです。ところが、甲兵衛殿は目付の調べがすむ前に江戸に逃げてきたのです。それは、江戸から来た手紙でわかったことです」

「すると、おりつさんは甲兵衛を探しに江戸に来ているということですか」

「さよう。なんとしてでも甲兵衛殿を探し、早く国許に帰ってもらわなければなりません。それに、おりつさんは身籠もっています」

「まことに……」

徳太郎は目をまるくした。

「甲兵衛殿からなにか連絡はありませんか？」

「なにもありませんが……しかし、困ったことですな」

「江戸に甲兵衛殿の知りあいがいるのではないかと思うのですが、心あたりはありませんか？　甲兵衛殿は参勤で何度か江戸に来ていると聞いていますが……」

「江戸の知りあい……」

徳太郎は空に向けた視線を短く彷徨わせた。

「拙者ら下士がときどき行く店がありますが、そこではなにも聞いていません。もし、甲兵衛が来ていれば店のものから話があってもおかしくありませんからね」

「その店以外に甲兵衛殿が通っていた店があるのでは……」

伝次郎は徳太郎をのぞき込むように見る。

「ひょっとすると、稲荷《いなり》橋の店なら……」

「その店はどこです？」

同じ床几に座っている徳太郎は、体をねじるようにして伝次郎に真顔を向けた。

「南八丁堀五丁目の外れにある一膳飯屋です。年寄りの夫婦が二人で切り盛りしているんですが、拙者らのような軽輩によくしてくれるんです。甲兵衛はその店を気に入っていましたから、ひょっとすると、あの主かおかみが知っているかもしれません」

「他に甲兵衛殿が頼りそうな店とか人はどうです？」

徳太郎はうーんとうなって腕を組んだ。

「頼る人がいるかどうかちょっとわかりませんが、仲間にそれとなく聞いておきましょう。いますぐには思い出せませんので……」

「では、また訪ねてきます。よろしいですか」

「もちろんです」

伝次郎は稲荷橋そばの店の名を聞いて、吉田藩上屋敷を出た。その足で徳太郎から聞いた飯屋に行ったが、まだ店は閉まっていた。声をかけても誰も出てこないので、近所で聞くと、仕入れに行っているらしく、開店は昼前ということだった。ついでに人相書を見せて、甲兵衛のことを聞いたが反応は鈍かった。伝次郎は出なおすことにした。

つぎは信三郎の店請人になっている江州屋の主・儀八に会わなければならない。ひとりでの聞き調べは骨が折れるが、愚痴をいっている場合ではなかった。

江州屋は鎧ノ渡し場のそばにある小さな足袋股引屋だった。店先には草鞋も吊してあり、軒下には下駄や草履も並べてあった。

「まったく死んでも面倒をかける人で……」

儀八は信三郎のことを聞くなり、渋い顔をした。年寄りだと思っていたが、儀八は三十半ばの男だった。女房は狐《きつね》のようにきつい顔をした無愛想な女で、店の隅で繕い物をしていた。亭主の儀八と伝次郎には興味もないという体《てい》である。

「面倒というのは……」

「さっきあの人の家主と名主と、町方の旦那の使いが来て死体を引き取ってくれっていうんです。それで、信三郎さんがどんなことになったか、初めて知ってびっくりしたんですが、まったく」

儀八は大きなため息をついて、それでなにを聞きたいんだと伝次郎に顔を向ける。

「信三郎に恨みを持つ人間がいれば教えてもらいたいのだ」

「それはさっきも聞かれましたけど、あっしはなにも知りませんよ」

「だが、おぬしは信三郎の店請人ではないか」

「頼まれたんです。佐賀町に空き家を見つけたから、店請人になってくれって。気乗りしなかったんですが、断ればなにするかわからないんで、いやいや引き受けたんです」

「信三郎のことは昔から知っているのか？」

「あの人が五年前、深川から越す前に助けられたことがあるんです」

それは地廻《じまわ》りから難癖をつけられたときに、信三郎が後見人になって揉め事をうまく収めてくれたということだった。

「助けてもらったのはいいんですが、それをいいことに、しつこくこの店に入り浸って、小遣いはせびるわ、飲み屋のつけは払わされるわで散々でしたよ。いなくなってホッとしていたら、この前ひょっこりやってきて店請人になれです。引き受けたはいいが、暇があると用もないのに、ちょいちょいやってきましてね。こっちの迷惑なんか考えもしないんです」

「揉め事を起こしたりはしていないんだな」

「それはありませんでしたが、いつなにをやらかすかわからない人なんで、こっちはヒヤヒヤしてましたよ」

「信三郎が誰かを恨んだり、恨まれていたようなことはどうだ？」

「さあ、そんな話はしませんでしたね。あっしはなるべく関わらないようにしているだけでしたから」

なあ、お半《はん》、と儀八は同意を求めるように女房を見た。女房のお半は、針で髷を掻きながら無表情な顔でうなずいた。

儀八が知っていることは少なそうだ。伝次郎は邪魔をしたといって、河岸道に戻った。

まだ昼まで時間がある。今日のうちに調べられることは調べておこうと思い、同じ町内にある伊勢屋という線香問屋に足を向けた。

六

伊勢屋は思案《しあん》橋の近くにある線香問屋で、表間口四、五間はある大店《おおだな》だった。一見繁盛しているようではないが、奉公人の数からそれなりの利益を上げていることがわかった。しかし、無役の旗本・桜井鉄之助とひそかに通じているらしい、女房のお菊《きく》を見ることはなかった。

もっとも大店のどこもがそうであるように、女は店先には出ず、店の奥で諸々の仕事をするのが常である。まして、伊勢屋の女房が店先に出てくることはない。

茶屋の床几に座って店の表を見張っていたが、一杯の茶で喉の渇きを癒《いや》すと、そのまま店の裏にまわった。そこは狭い路地だったが、勝手口があった。路地口でしばらく様子をみたが、人の出入りはない。

(どうするか……)

伝次郎は空から声を降らす鳶《とんび》を眺めて考えた。

お菊と桜井鉄之助がほんとうに通じているなら、信三郎はどこでそのことを知ったのだろうか？　偶然知ったのか？　あるいは誰かが教えてくれたのか？　教えてもらったとしたら、その人間と組むことも考えられる。もしくは信三郎の裏切りを知ったので、口を封じたと考えることもできる。

もし、そうならその人間は、すでにお菊、もしくは桜井鉄之助に接触をはかっている可能性がある。であれば、お菊も桜井鉄之助も警戒しているはずだ。

(無用に近づくのは得策ではないか……)

伝次郎は近所で伊勢屋のことをそれとなく聞いてまわった。店の評判は概してよく、主の源《げん》右《え》衛門《もん》を褒めるものが多かった。気さくで商売熱心で、奉公人だけでなく近所の人間の面倒見もいいらしいのだ。

そのついでに後添いのお菊のことを訊ねると、これも評判がいい。愛想がよく人付き合いがよく、亭主孝行だというのだ。

亭主の源右衛門が女房思いなら、お菊も亭主思いだという。

「若い後添いなので、源右衛門さんも可愛がっているんですよ。お菊さんもそんな亭主によく尽くしているようです」

そんなことを話すのは、瀬戸物屋の主だった。

「女房は伊勢屋に入る前はなにをしていたんだ?」

「詳しいことは聞いちゃいませんが、両国の梅松って料理屋の女中だったらしいです。それを源右衛門さんが見初《みそ》めたんですね」

思案橋そばの茶屋でもそれとなく話を聞いたが、やはり評判は上々である。

「おっとりした美人で愛想がいいんです。梅松って料理屋でも人気の女中だったらしいですから……」

これでお菊が以前、両国の梅松という料理屋ではたらいていたことがわかった。

しかし、話を聞くかぎり亭主に隠れて浮気をする女とは思えない。

何度か伊勢屋の裏道を歩いていると、勝手口から出てきた女がいた。小僧といっしょでどこかに出かけるようだ。伝次郎は声をかけた。

「なんでございましょう」

女が怪訝そうな顔を向けてくる。美人というわけではないが、男好きのする顔だ。それに、男が色目を使いたがる肉置《ししお》きのよい体つきである。

「この辺に佐原《さはら》屋という畳屋があると聞いたのだが、どこにあるかわからぬか？」

伝次郎が適当なことをいうと、女は一度風呂敷を持った小僧を見て、

「さあ、聞いたことはありませんが……」

と首をかしげる。

「では他の町かもしれぬな。そういえば、ここは伊勢屋だったな。できのいい女房がいると聞いているが、ひょっとして……」

伝次郎はまじまじと女を見た。

「ま、どこでそんなことを……。伊勢屋の女房でしたらわたしですけど」

女は自分がお菊であることを認めて、照れ笑いをした。

「ほう、さようであったか。なるほど噂どおりの愛らしい人だ。いや、邪魔をした」

伝次郎はそのまま歩き去りながら、お菊の顔を思い浮かべた。近所での評判はいいが、そのじつ男を弄《もてあそ》ぶ女かもしれない。お菊は三十三歳である。そして亭主の源右衛門は五十だという。十七という年の差には、得てして埋められないものがある。

とにかくお菊の顔はわかった。つぎは桜井鉄之助であるが、どうやって調べるかが問題だ。相手は容易に近づけない旗本である。かといってなにもしないわけにはいかない。

浜町には大名家の屋敷が多く、旗本屋敷は遠慮するようにその狭間にある。町屋とちがい閑静な地だ。表札など掛かっていないので、桜井家の屋敷を探すのに少し手間取ったが、新庄駿河守《しんじょうするがのかみ》（常陸麻生《ひたちあそう》藩）上屋敷のそばにあった。

桜井鉄之助は無役の旗本である。日がな一日屋敷内にこもっているかもしれない。外出をするのを待つなら、それなりの時間をかけなければならない。

せめて顔ぐらい見ておきたいが、見張る場所がないし、時間の余裕もない。伝次郎は一旦あきらめることにして、稲荷橋そばの一膳飯屋に向かった。いちいち舟を使っていたのでは面倒なので、ずっと徒歩である。

伝次郎は一膳飯屋に向かう間に、桜井鉄之助とお菊が通じているなら、お菊を見張ることで相手のことが自《おの》ずと知れるはずだと気づいた。こんなとき音松みたいに使える人間がいればいいが、それは望めぬことだ。自分の足を使うしかなかった。

松本徳太郎から教えてもらった飯屋は開いていた。暖簾が掛けられ、戸口も開けてあった。戸障子と暖簾に「めし　稲荷屋」とある。

伝次郎は遅めの昼餉をすますことにして迷わず店に入った。年取った主が板場にいて、注文を取りに来るのは白髪頭の女房だった。伝次郎は煮魚と飯を注文してから、進藤甲兵衛のことを聞いた。

「吉田藩伊達《だて》家の家来だ。参勤で江戸に来た折にこの店をよく使うと聞いたのだがな」

「さて、どんな人だったかしら」

女房は板場の亭主を見て、伝次郎に顔を戻した。

「こんな男なのだが……」

懐から人相書を取りだして見せると、女房は気づいた。

「なにかこの人が悪さでも……」

「そうではない。どうしても会わなければならんのだ。ここには来ていないのだな」

「ここには来てませんね。お屋敷のほうで聞かれたほうが早いのでは……」

伝次郎は板場にいる亭主にも人相書を見せて聞いたが、知っていそうではなかった。結局、飯を食うだけで徒労に終わった。こうなると、頼みは松本徳太郎である。

甲兵衛探しはその日中断して、つぎの調べをすることにした。

信三郎が長屋に連れ込んだお吟という女だ。お吟は柳橋の女だという。それも信三郎は売女だといった。やくざ者に連れ戻されたのなら、おそらくわかるはず。

自分の舟に戻った伝次郎は、棹をつかんでから高く昇っている日をあおぎ見た。

音松を救わなければならない。

七

仮牢は暗くじめじめしており、そして足許の土間は冷たかった。

笞《むち》打ちの拷問に耐えた音松は、壁にもたれ足を投げ出し、肩を動かして荒い息をしていた。天井に近い窓から、光の帯が射し込み、暗い仮牢の一部をあかるくしていた。

廊下の向こうから足音が聞こえてきたので、音松は身をこわばらせて、耳をすました。足音はだんだん大きくなり、人の気配が近づいてきた。そして牢前にあらわれた長谷部玄蔵を見て、身を竦《すく》ませた。

「音松、しぶといな。いい根性をしている」

長谷部は音松に冷ややかな視線を向けてから、いっしょに来た番人に貸せといって、拷問用の笞を受け取った。これは一尺九寸（約五八センチ）の真竹で麻苧《あさお》で巻き込んであり、にぎりが白革になっていて、拷問杖ともいう。

牢の扉がギィと軋んで開けられ、長谷部が入ってきた。そのまま仁王立ちになって音松をにらむ。

「少しはしゃべる気になったか……」

音松は首を横に振る。とたん、長谷部の目が吊りあがった。

「おまえは信三郎と知りあいになったが、しつこい信三郎を毛嫌いしていた。その信三郎は、仕事の邪魔をするようにおまえの店にちょくちょく顔を出していた。飲みたくない酒にも付き合わされ、おまえは傍迷惑《はた》だった。おまえはうまく付き合っていたが、だんだん疎《うと》ましくなり、短刀を仕入れてやつを刺した」

「あっしはやっていません」

否定する音松には構わず、長谷部はつづける。

「やつは町の嫌われ者だった。佐賀町界隈でやつを歓迎する店はなかった。信三郎を知らなかった長屋のものたちも、やつの正体を知るとなるべく関わらないようにしていた。要するにやつは町のダニだった。疫病神だという者もいる。そんな野郎をおまえは始末したんだ。殺しは殺しでも、きっとお上はお慈悲をくださる。刑も重くはならんだろう。音松、おまえがやったんだな」

「あっしはなにもしていません。逃げるように走り去った男のことが気になって、戻ったら信三郎さんが刺されていたんです。何度いえばわかってくれるんです」

長谷部は音松の前にしゃがむと、顎をつかんで顔をあげさせた。

「正直にしゃべれば楽になる。逃げたやつなんかいなかった。いい加減な作り話はやめるんだ。誰もそんなやつを見てねえんだ」

「あっしはその男と肩がぶつかってにらまれたんです。棒縞の着物姿で頬被りをしていました」

「そりゃあ耳にたこができるぐらい聞いたことだ」

長谷部は拷問杖で音松の肩を、トントントンとたたいた。それだけで音松は心の臓がふるえる。

「おまえは信三郎を刺した血まみれの短刀を持っていた。金作長屋の忠兵衛ははっきり見ている。おまえは刺して抜くところだった」

「旦那、あっしは刺さっていた短刀を抜こうとしただけです。あっしが刺したんじゃないんです。聞き込みをすれば、きっとあっしが見た男を他の誰かが見ているはずです」

「そんなこたァ、おまえにいわれずともやっているさ。音松、早くおしまいにしようじゃねえか。おれもこんな調べは疲れるんだ。短刀はどこで手に入れた」

「あれはあっしのじゃありません」

長谷部はふっと小さくため息をついて立ちあがった。それから番人に顎をしゃくって、

「こいつを縛れ」

と、命じた。

番人は牢内に入ってくると、音松の着物を引き剝がし、上半身裸にすると、力まかせに音松の腕を後ろにまわして、荒縄できつく縛った。

「やめてください。もう勘弁です」

音松は長谷部を見て、半べその顔で頼んだ。裸の上半身にはすでに、無数の蚯蚓《みみず》腫《ば》れが走っていた。

「正直に白状すれば痛い目にあわなくてすむんだ」

「あっしは正直にい……」

すべてを言葉にする前に、腕に衝撃があった。音松は小さなうめき声を漏らして歯を食いしばった。だがつぎの衝撃はすぐにやってきた。

腕に背中に肩に、首の付け根に……。肉をたたく音が牢内にひびき、そのたびに音松は悲鳴じみたうめき声を漏らした。

「あっしは、あっしはやっていない……」

声は途切れた。風を切ってうなる拷問杖が振りおろされてきたからだ。

柳橋界隈でお吟の聞き込みをするうちに、少しずつどんな女なのかわかりかけてきた。

某旗本の妾奉公をお払い箱になったあと、柳橋で遊ぶ分限者《ぶげんしゃ》をめあてにあちこちで飲み歩いては、これと思った男に声をかけているらしい。

もっともそれは少し前までのことで、いまは酒浸りだというものが多かった。やくざとの関わりもあるらしく、最近は場末の店をハシゴしているという。住まいを知りたかったが、誰もそのことは知らなかった。そして、姿を見かけるのは決まって日が暮れてからだという。

伝次郎はもう一度日が暮れてから、お吟を探そうと思った。すでに日は西にまわり込み、人の影が長くなっており、うっすらと靄が漂いはじめていた。調べることはいろいろあるが、単独なので休んでいる暇はない。

浅草橋西の石切《いしきり》河岸に置いている自分の舟に戻っているときだった。ちょうど第《だい》六天門前《ろくてんもんぜん》を過ぎたあたりだ。伝次郎は背後に異様な人の気配を感じた。

立ち止まってゆっくり振り返ると、二人の男が立っていた。着崩れた身なりで、ひとりは懐手をしていて、もうひとりは長い楊枝を口にくわえていた。

伝次郎は黙って見返すと、そのまま石切河岸に足を向けた。やはり背後の気配は消えない。尾《つ》けられているとわかった。

（なぜだ……）

胸中で疑問をつぶやくまでもなく、おそらくお吟のことだろうと思った。ひょっとすると、信三郎を袋叩きにしたやつか、その仲間かもしれない。

伝次郎は舟に戻るのをやめた。そのまま日光《にっこう》道中を横切ると、浅草茅町《かやちょう》二丁目の路地を抜けて、浅草福井町《ふくいちょう》に入った。この辺の地理はよく知っているので迷うことはない。

伝次郎は人目につかない場所があるのを知っている。相手は尾《つ》けているつもりだろうが、そのじつ伝次郎に誘われているのも同然だった。

浅草福井町一丁目に銀杏《いちょう》八幡がある。その脇にちょっとした広場があった。伝次郎は足を速めると、奥にある欅《けやき》の下に身を隠した。

遅れてさっきの二人が広場にやってきた。伝次郎の姿が消えたので、顔を見合わせて広場を眺めている。

すでにあたりはうす暗くなっている。どこかで鶯の鳴き声がしていた。

尾けて来た二人が広場の中央までやってきたとき、伝次郎は欅の幹からゆっくり出て身をさらした。

「なにかおれに用か？」

第五章　お吟

一

二人の男は無言のまま伝次郎に近づいてきた。

「なぜ尾ける？」

伝次郎は仁王立ちになって聞いた。

「なぜ、お吟を探しているんです、お侍」

顔は細いが、体つきのいい男が声を返した。もうひとりはがっちりした体のがに股だ。

「会いたいからだ」

がに股がふっと笑った。

「会ってどうするッてんです？」

「のっぴきならねえ用がある。知っているなら居場所を教えてくれないか」

「そりゃあこっちがいいてえ科白《せりふ》ですぜ」

伝次郎はピクッと眉を動かした。

「どういうことだ？」

「いろいろあるんです。あの女に会ったってろくなことはねえですぜ。それでお吟に用ってェのはどんなことです？」

伝次郎は二人の男を静かに眺めた。闇は濃くなりつつあるが、まだ顔の見分けのつく暗さだった。

「ひょっとして笠井信三郎という男を知っておらぬか」

少し考えてから聞いた。伝次郎は相手によって武士言葉と職人言葉を使い分ける。顔の細い男の顔にわずかな変化があった。がに股のほうは無表情だった。

「知らねえな。そりゃどんな人です？」

「もう死人だ」

がに股が顔の細い男を見た。

「死人なんか知りませんよ。いっときますが、お吟に関わるのはやめてくれますか。あの女のことは、あっしらがケジメをつけることになってんです」

「ケジメだと」

「まあ深くは聞かないことです。とにかく余計なことはしないでほしいだけです。話がわかったら、おとなしく帰ってくれませんか」

「おれに指図するのか……」

「お吟のことはおれたちにまかせておきゃいいんです」

顔の細い男は剣呑《けんのん》ない い方をして、「成次《せいじ》、行くぜ」と、がに股に顎をしゃくって背を向けた。

伝次郎は背を向けて歩き去る二人を、しばらく眺めていた。細い顔の男は、殺された笠井信三郎のことを知っている。このまま帰していいのか、あるいは信三郎のことを聞き出すべきか。答えはすぐに出た。

「待て」

声をかけると、すぐに二人が立ち止まって振り返った。伝次郎は近づきながら、笠井信三郎を知っているなと聞いた。

「そんな男知りませんよ」

顔の細い男は白《しら》を切った。

「お吟を自分の家に連れ込んだ浪人だ。そして、三人の男がその家に押しかけ、信三郎を袋叩きにして、お吟を連れて行った」

伝次郎は細い顔の男を凝視して、さらにつづけた。

「おまえたちはその三人の仲間じゃないのか……」

「直吉《なおきち》、この侍なにいってんだ」

がに股の成次が、顔の細い男を見て猪首《いくび》をかしげる。

「さあ、寝言だろう。行くぜ」

相手にしないという顔で直吉が背を向けたとき、伝次郎は前に飛ぶようにして、肩に手をかけた。

「なにしやがんだ！」

直吉は即座に伝次郎の手を払って気色《けしき》ばんだ。

「おまえは信三郎のことを知っている。そうだな」

「知らねえといってるだろ！」

直吉は声を荒らげて凄みを利かせた。だが、伝次郎は毫もひるみはしない。

「信三郎は何者かに殺された。短刀で胸を一突きだ。ひょっとすると、おまえたちの仲間の仕業かもしれねえ。まさか、おまえがやったんじゃないだろうな」

「おいおい、この侍おれたちに喧嘩売ってるのか」

成次が肩を揺すって伝次郎に近づき、下からねめあげるようににらんできた。

（こいつは邪魔だ）

そう思った瞬間、伝次郎は成次の土手っ腹に拳をたたき込んだ。ところが成次は小さくうめいて体を折りはしたが、すぐに牙を剝くような顔をあげるなり、懐に呑んでいた匕首を閃《ひらめ》かせた。

伝次郎は成次が振りあげた腕をつかみ取るなり、腰に乗せて地面にたたきつけると、もう一度鳩尾《みぞおち》に拳をめり込ませた。まさに一瞬のことだったが、成次はそれで気を失った。

「野郎、なにをしやがるッ！」

直吉が匕首を抜いて突いてきた。

伝次郎はとっさに躱した。しかし、直吉はバッテンを書くように匕首を振りまわす。伝次郎は半身を捻りながら躱すと、絶妙の間合いで足払いをかけた。直吉の足が宙に浮き、そのまま腰から大地に落ちた。

伝次郎が腰の刀を抜いたのはそのときだった。素早く起きあがろうとした直吉の首に、刀の切っ先をあてる。

「うっ……」

半身を起こそうとした直吉は体を硬直させた。

「信三郎を知っているな？」

伝次郎は冷ややかな目で直吉を見る。

「……名前を聞いたぐらいです」

「どんなことを聞いた？」

「お吟をたらし込んで連れて行ったと」

「お吟を連れ戻したのは、やはりおまえの仲間か？」

直吉は視線を動かした。どう答えようかと考えたのだ。

「……仲間じゃありません。知っているやつから聞いたんです」

「そうかい。ま、それならそれでいいが、なぜお吟を探しているんだ？」

「金をちょろまかして逃げたからですよ」

「どこの金だ？」

「そんなこたァ、あんたに教えることじゃない」

「いえ」

伝次郎は刀の切っ先に、わずかだが力を入れた。直吉の首の薄皮が小さく押される。

「このまま突けば、おまえはそれで終わりだ。いえ、おれは急いでるんだ」

「か、刀を……」

直吉は顔色をなくしていた。夜目にも白くなっているのがわかった。

「く、粂蔵《くめぞう》さんです」

「どこの粂蔵だ？」

「甚内橋《じんないばし》の……」

もう聞かなくてもわかった。鳥越《とりごえ》の粂蔵という男だ。甚内橋で小さな薪炭屋を営んでいるが、そのじつ土地のやくざだった。昔から質《たち》の悪い男で、目をつけていたが、小賢《こざか》しくて自分の身に火の粉が飛んでこないようにしていた。

「刀を……」

直吉が懇願するような目を向けてくる。伝次郎はゆっくり刀を引いた。直吉がホッと安堵の吐息をついた、その瞬間、伝次郎は柄頭《つかがしら》で殴りつけた。ぐうの音も漏らすことなく、直吉は大の字に倒れた。

二

甚内橋は鳥越川に架かり、元鳥越町《もととりごえちょう》と浅草猿屋町《さるやちょう》をつないでいる。その橋のそばに、粂蔵の店がある。伝次郎が店前に立ったときには、すでに表戸は閉まっていた。

屋内にあかりの気配もないので留守だと感じたが、とりあえず声をかけた。案の定、返事はない。伝次郎は振り返って、どうしようか考えた。

粂蔵は住まいを別にしているはずだが、その場所はわからない。だが、元鳥越町ではちょっとした有名人である。自身番に行って訊ねると、すぐにわかった。

伝次郎はそっちに足を向けた。甚内橋をわたった猿屋町の東端に小さな借家があった。そこが条蔵の住まいだった。

「お侍はどちらの方で……」

戸口を開けた若い男に条蔵はいるかと聞くと、相手は品定めする目を向けてきた。

「沢村伝次郎といえばわかるはずだ。いるか？」

「ちょいとお待ちを……」

若い男は小腰を折って奥に引っ込み、すぐに戻ってきた。

「それじゃそこにおあがりください」

伝次郎は戸口そばの座敷にあがった。腰を据えてすぐ、条蔵があらわれた。派手な柄の着物を着流し、胸元を大きく広げていた。

「ずいぶんご無沙汰していやす。お元気そうですね」

条蔵はゆったりした所作で、伝次郎の前に座った。口の端に笑みを浮かべている。色白で涼しい目をした優男《やさおとこ》だが、油断のならない相手だ。

「手短に話す。おまえは笠井信三郎という浪人を知っているな」

「……小耳に挟んだ名前です」

粂蔵は考えるために、煙草入れから煙管を出して答えた。

「小耳に挟んだ程度か。それならそれでいいだろう。それじゃお吟という女を知っているな。お吟はおまえの女だった。そして、おまえの金をくすねて姿をくらましている」

ここに来るまでに推量したことだった。おそらく図星だ。だが、粂蔵は表情ひとつ変えなかった。

「それがどうかしましたか……」

「笠井信三郎は殺された。それもお吟がらみのはずだ。となれば、おまえは下手人を知っている。隠してもいずれ調べればわかることだ」

粂蔵はにやりと不敵な笑みを浮かべた。

「旦那、おっと、もう沢村さんは町方じゃないんでしたね。何年か前に御番所を辞めたと聞いています。そして、いまは船頭稼業に精を出してるそうじゃありませんか」

「それがどうした」

「町方でもないのに、なぜそんなことを調べるんです。まさか、船頭仕事を辞めて、今度は町方の手先にでもなったんですか」

「おい粂蔵、おれの聞くことに答えろ。笠井信三郎を殺したやつをおまえは知っている。どうなのだ」

伝次郎は粂蔵を凝視する。久しぶりに会う男だが、昔ほど若くはない。といってもまだ三十半ばだろう。だが、ぎすぎすした角《かど》が取れ、妙な貫禄を備えている。

「あっしが知るわけないでしょう」

粂蔵は煙管を吸うと、唇を小さく閉じ、細い紫煙を吐いた。

「笠井信三郎と関わりはなかった。そういうのか？」

「関わりなんかありませんよ」

「お吟とはどうなんだ」

粂蔵は短く彷徨わせた視線を伝次郎に戻した。

「沢村さんだからいいますが、少しばかり面倒みてやった女です。それが後脚《あとあし》で砂をかけるような真似をしていなくなっちまったんです」

「笠井信三郎はそのお吟を一度家に連れ帰っている。そして、おまえの子分が来てお吟を連れ戻したことがあった」

「それもあとで聞きました。ですが、あっしが指図したんじゃありませんぜ」

「お吟を連れ帰った三人に会わせてくれ」

「そりゃあ無理な話だ。やつらがどこにいるか、あっしの知るところじゃありませんから」

伝次郎は奥歯を嚙んだ。おそらくしつこく聞いても、粂蔵はのらりくらりとかわすだろう。

「それじゃ、その三人の名を教えろ」

粂蔵は煙管を灰吹きに打ちつけて、顔をあげた。

「朝吉《あさきち》、文五郎《ぶんごろう》、弥之助《やのすけ》。くどいようですが、やつらのやったことをあっしは知らなかったんですからね。あとで話を聞いただけです」

「直吉という三下《さんした》にさっき会った」

粂蔵のこめかみがピクッと動いた。

「もうひとり成次というのがいた。おまえのことは直吉から聞いたんだ。お吟のことや笠井信三郎のこともだ」

「余計なことを……あの唐変木《とうへんぼく》どもが……」

粂蔵は口をゆがめて顎を撫でた。

「やつらによくいっておけ。おれに二度と手出しするなと。それから、おれはお吟を探す。おまえも探しているようだが、先に探しあてたらおまえに預ける」

「沢村さんはなにをどうしようとしてんです？」

「笠井信三郎殺しの下手人探しだ。もし、おまえが知っているなら、いまここで白状することだ。そうでなきゃのちのち痛い目にあうこと、覚悟しておけ」

「沢村さん、町方でもないのにずいぶん強気なことをおっしゃいますね。だが、まあいいでしょう。下手人探し、好きにすりゃあいいんだ」

粂蔵はふっと笑みを浮かべた。

伝次郎はそのまま腰をあげると、粂蔵の家を出た。

表の闇は濃くなっていた。そのせいで通りにある夜商いの店のあかりがひときわ目立っていた。

もし、粂蔵が殺しに関係していれば、なんらかの動きがあるはずだ。そのときは自分の口を封じにくるかもしれない。粂蔵に会い、直截的なことをいったのは、危ない橋をわたるような賭けだったが、音松の疑いを晴らすためには手間暇かけていられない。

三

「今日は暇だわね」

千草は洗い物をして板場を出た。おりつがぼうっとした顔で小上がりの縁に腰かけていた。開店してから客は二人しか入っていなかった。そして、その二人の客もついいましがた帰ったばかりだ。

「なにか食べる？」

千草はおりつの隣に腰をおろして聞いた。

「いいえ。さっきいただいたばかりですから……。それにしても伝次郎さん、遅いですね」

おりつは戸障子に目を向ける。伝次郎の帰りがよほど気になるのか、客の応対をしているときも、ときどき表に出て通りを見ていた。

「もうすぐ五つ（午後八時）になるから、そろそろ帰ってくると思うんだけど

「……」

千草も伝次郎のことは気がかりだった。おりつの夫探しはともかく、音松の疑いを晴らすために聞き調べをしているのだろうが、相手は人殺しである。危ない目にあっていなければよいがと思うが、伝次郎を信じるしかない。

「もし、今日夫探しの手掛かりがなければ、明日はわたしも探したいと思います」

おりつがゆっくり顔を向けてくる。

「そうね。でも、あてもなく探すのは大変なことよ。江戸は広いし、人も多いから」

「なにもしないよりはましだと思います」

「おりつさん、何度も同じこと聞いて申し訳ないけど、ほんとにご主人の頼りそうなところや人に心あたりはない？　ご主人は参勤で江戸に何度か来ているのでしょう。国に帰ったときに、そんなことを口にしなかったかしら」

「いろいろ思い出そうとしているんですけど、やっぱりそんな話は聞いていないんです。にぎやかな町のことや、芝居や祭りの話は聞きましたけれど……」

おりつは眉尻を下げて、小さなため息をつく。悄気た顔をしているが、おりつはつわりの症状に慣れたらしく、今日はわりとしっかりしていた。体のほうもすっかりよくなっているようだ。

「すみません。わたしのためにご迷惑ばかりおかけして……」

おりつは頭を下げる。

「そんなことは気にしなくていいの。何度もいってるでしょう」

「でも、伝次郎さんは仕事を休んで……」

「大丈夫。あの人は人探しとか、困りごとの相談に乗るのが好きなのよ。物好きといえば物好きかもしれないけれど、もとは御番所の同心だったの」

「ほんとに……」

おりつは目をまるくして千草を見た。

「一言ではいえないけど、いろいろあって船頭になったの。それでも同心の垢《あか》はすっかり落ちてはいない。ときどき昔のお仲間に頼られて動くこともあれば、困りごとを抱えた人の面倒を見るために、進んで手を貸したりと……。なぜか、そんなことがあの人にまわってきちゃうのよ。そうなると、じっとしていられない性分なのね」

「危ない目にもあったりするのではありませんか」

「わたしにはそんなことは話してくれないけど、おそらくあると思うわ。でも、運の強い人らしく、うまく切り抜けているみたい。わたしが止めても、おそらくその性分は直らないと思うの。だからわたしは肚をくっているしかない」

千草はにっこり微笑んでおりつを見る。

「千草さんって、強い人ですね。わたしにはとても真似できません」

「あれこれ思い悩んでも、結局はなるようにしかならない。それが人生のような気がするの。くよくよしているよりは、笑って相手のことを信用しているほうがいいと思うの。そうしたほうが、あの人も気が楽でしょうから。とはいっても、なにも心配しないわけじゃないけど……」

「それは信じ合うということでしょうか。いえ、きっとそうなんですね」

「そうね、そうかもしれないわね。さ、もう閉めちゃいましょう」

千草はさっと立ちあがって店仕舞いにかかった。おりつも手伝ってくれる。

「あの千草さん」

暖簾を下ろしたおりつが顔を向けてきた。

「なに？」

「さっきはいいお話を聞かせていただきました。それからふと思ったんです」

「なにを……」

「千草さんがわたしの姉だったらよいのにと……」

おりつはいった矢先に、ぽっと頬を赤らめた。

「わたしも、おりつさんみたいな妹がいたら楽しいと思うわ。ほんとよ」

千草は口許に笑みを浮かべて前垂れを外した。


ふっと息を吹きかけて、舟提灯を消した伝次郎は、河岸道にあがって、一度大川を振り返った。黒々とした流れが、星あかりを受けながらゆっくりうねっている。川岸に打ちつける波が、ピチャピチャと小さな音を立てていた。

伝次郎は大きく息を吐くと、音松の店に足を向けた。腰高障子にあかりがある。もしや音松が帰ってきているのではないか。

そんなあわい期待が胸のうちにあったが、戸口に出てきたお万の顔は曇っていた。

「うちの人は、まだ許してもらえないんですね」

「調べがまだ終わっていないんだろう。だが、音松が下手人でなければ、きっと疑いは晴れる。そう信じているんだ。それでなにか変わったことはないか……」

「町方の旦那が来ました。あ、どうぞ入ってください」

伝次郎は店に入ると、帳場の上がり口に腰をおろした。

「長谷部さんが来たんだな」

「あの旦那が使っている小者といっしょでした。信三郎が難癖をつけたり、暴れたり、喧嘩をした店を虱潰《しらみつぶ》しにあたっていたようです」

「それで……」

「これといった人はいなかったようで、うちの亭主が信三郎をどう思っていたか、短刀をうちの人が持っていなかったかとか、ほんとうは信三郎と揉めていたのではないかとか、そんなことをしつこく聞かれまして……。わたしゃ、迷惑がっていたのはたしかですけど、人を殺すようなまちがいは、決してしていないといい張りました。短刀だってあの人は持ってなんかいなかったんですから」

「音松は信三郎の長屋の木戸口で、肩がぶつかった男がいるといっている。長谷部さんはその男のことについてなにか話さなかったか？」

お万はなにも聞いていないと首を振った。

伝次郎は一度虚空を見てから、お万に顔を戻した。

「おれも音松が下手人だとは思っちゃいない。お万、あきらめずに待つんだ」

「へえ、もう旦那だけが頼りです。よろしくお願いします」

四

日はうすい雲の向こうにあったが、妙にまぶしい朝だった。

大川をわたった伝次郎は、中洲から日本橋川に乗り入れた。猪牙には千草とおりつを乗せていた。昨夜自宅に帰ってから、在府中の松本徳太郎という藩士が、甲兵衛探しに協力してくれるという話をすると、おりつは自分もいっしょに動きたいといった。

千草もおりつの好きにさせてみたらいいというので、伝次郎は折れたのだった。それにおりつのつわりは軽減したのか、あるいは慣れたらしく、歩きまわることに支障はないという。それに軽い運動はかえって妊婦にはいいらしい。

伝次郎は舟を操りながらときどき、千草とおりつを見た。二人はすっかり打ち解けていて、千草は指をさしながら、町の説明をしていた。

新川《しんかわ》には上方《かみがた》からたくさんの酒が運ばれてくるとか、八丁堀には町奉行所の与力や同心の屋敷があるといったことだ。

あるいは江戸一番の魚市場がこの上流にあり、いま行き交っている舟はその市場に向かったり、魚をおろして帰るところだなどと話していた。

おりつは耳を傾けながら、感心顔でいちいちうなずいていた。伝次郎は楓川を経由して、そのまま真福寺橋《しんぷくじ》をくぐった蜊河岸《あさり》に舟を舫った。

「ここで待っていてくれ。松本殿の体があいていれば呼んでくる」

伝次郎は大富町《おおとみちょう》の茶屋に二人を待たせて、吉田藩の上屋敷に足を向けた。松本徳太郎はおりつのことを知っているが、おりつは徳太郎に会っているかどうかわからないと首をかしげていた。

「お待ちしていたのです」

屋敷表門で取り次ぎを頼むと、徳太郎はすぐに姿をあらわした。

「それでなにかわかったことはありますか?」

「昨日はあれこれ仲間に聞きましてね。ひょっとするという店があります」

「それは心強い。じつは甲兵衛殿の奥方を、近くの茶屋に待たせているんです」

「まことですか……」

「お付き合いいただけますか」

「もちろんです。今日は非番なので、自由の身です」

伝次郎は徳太郎といっしょに、千草とおりつの待つ茶屋に向かった。近くまで行くと、待っていた二人が床几から立ちあがって一礼した。

顔をあげたおりつは徳太郎を見て、ハッと目をみはった。

「おりつ殿、わたしのこと覚えておいでですか？」

徳太郎が近づいて声をかけた。

「あなたでしたか。いえ、わたしは名前を存じあげませんでしたので、いったいどんな方だろうかと思っていたのです」

「無理もない。話したことがありませんからな。しかし、わたしは何度もあなたを見かけています。いつも甲兵衛と仲良く歩いておられた」

「甲兵衛殿が世話になっている店があるかもしれないとおっしゃる。これからそこへ案内してもらおう」

伝次郎は徳太郎とおりつを交互に見た。

「それにしても甲兵衛が、人を斬ったと聞き驚きました。しかし、目付の調べで罪には問われなかったそうですな」

おりつはその経緯を簡単に話し、

「もしこのことが藩のお役人に知れたら、夫は脱藩の罪に問われるかもしれません」

といって、顔を曇らせた。しかし、徳太郎はそれを否定した。

「わたしもそのことが心配になり、それとなく上役に甲兵衛の名を出さずに聞いたのです。ところが、拙者ら軽輩はよほどのことがないかぎり、不問にされるらしいのです」

「ほんとうでございますか」

おりつは大きな瞳を輝かせた。

「おりつ殿もご存じでしょうが、藩の勝手向きはよくありません。そのせいで扶持《ふち》や禄をもらえないものもいます。おまけに藩は拙者ら軽輩のものに、内職を勧めています。そんなことがあるので、大概のことには目をつむっているようです。それに、甲兵衛は目付の調べで罪を問われなかったのですから、なにも心配はいらないはずです」

「まことにそうなのでございますか」

「甲兵衛はなんの咎《とが》めも受けないはずです。上役がそのようなことを申すのですから、嘘ではないでしょう」

おりつはふっと小さな吐息をついて、胸を撫で下ろした。

「では、早速にも案内してもらおうか。松本殿よろしくお頼みします」

伝次郎たちは徳太郎についていった。その道々で千草はおりつに話しかけ、町の様子をあれこれ話していた。ときどき二人は顔を見合わせて微笑みを交わす。

それは千草の思いやりだと伝次郎は気づいていた。おりつの不安を少しでもやわらげようとしているのだ。それにしても仲のよい姉妹のように見える。

徳太郎が連れて行ったのは、本材木町《ほんざいもくちよう》にある飯屋だった。河岸道から少し入った場所で、両側の店に挟まれ、肩をすぼめているような小さな店だ。朝が早いので暖簾は掛かっていないが、戸障子に「めし　ひらの」と書かれている。

徳太郎が訪ないの声をかけて、戸を開けて店に入っていった。奥に人の姿があり、短いやり取りをして徳太郎は戻ってきた。

「ここには来ていないようです」

徳太郎が報告すると、おりつはにわかに顔を曇らせた。だが、すぐに徳太郎は言葉を足した。

「他にも何軒かあります。そっちに行ってみましょう」

先に歩きだした徳太郎に、伝次郎は声をかけた。甲兵衛探しは徳太郎にまかせていいと考えたからである。

「悪いが、わたしは他にやることがある。甲兵衛殿のこと、おまかせできないですか」

「それはいっこうに構いません。なに、うまくすれば今日にも会えるでしょう」

伝次郎は千草とおりつに体を向けると、

「あとは頼むが、それでよいか？」

おりつが、もちろんですとうなずいた。

五

いつの間にかうす墨色の雲が空に広がっていた。だからといって雨が降る雲ではない。

千草たちと別れた伝次郎は、浜町堀《はまちようぼり》の組合《くみあい》橋まで猪牙で移動し、河岸道にあがって桜井鉄之助の屋敷の見える場所に腰を据えた。

組合橋から川下の通りは河岸地になっていて、夜になると「舟饅頭《ふなまんじゆう》」と呼ばれる遊女があらわれる。だが、いまはその数も減っているようだ。以前よりそんな女を見かけなくなっている。

茶屋の床几で桜井家の表門を見ながら、音松のことや行方の知れなくなったお吟のことを考えた。おそらく長谷部は厳しい調べをしているはずだ。拷問も厭《いと》わないだろう。心配なのは音松が音《ね》をあげて、やってもいないのにやったと証言することだ。

そうなると、牢送りだ。それで罪が確定するわけではないが、一度証言したことを覆すのは難しくなる。伝次郎が焦るのはそのことだ。もっとも長谷部もぬかりなく調べを行っているだろうが……。

伝次郎は手にした煙管を弄《もてあそ》び、茶を飲んだ。岸辺には猪牙を含めた小舟が舫ってある。目立つのは釣り舟だ。

「お待さん、どなたかお待ちで……」

茶屋の女が声をかけてきた。暇にあかせてのことだろう。半白髪の年寄りだった。

「うむ、待ち合わせをしているのだがな」

「陽気がよくなりましたからまだいいですけど、寒いときは大変ですね。暑いのもいやですが……」

「そうだな」

「暖かくなったからでしょうか、お武家様が釣りに出かけられるようになりました。お茶をもう一杯いかがです」

「頼む」

腰をこごめて店の年寄りは茶をつぎ足してくれた。

「桜井という旗本がいるが、あの方も釣りをやられるのだろうか」

何気なく聞いたのだった。ところが、店の年寄りはよく出かけられるという。

「知っているのか？」

伝次郎は年寄りを見た。しわを隠すために白粉《おしろい》を塗りたくっているが、それがかえってしわを目立たせていた。

「ええ、よく存じています。ときどき土産をいただきますよ」

話はそれで終わったが、伝次郎は少し腰を据えることにした。まだ朝の早い時間である。一刻《いっとき》（二時間）ぐらい見張っても、まだたっぷり動ける時間がある。

それから小半刻ほどしたときだった。桜井家の門前に、着流し姿の男があらわれた。釣り竿を肩にかけ、こっちに歩いてくる。もしやと思って、店の女を呼んであれが桜井鉄之助ではないかと聞くと、

「そうです、桜井の殿様です。今日も釣りに行かれるんですね」

やがて、桜井鉄之助は伝次郎のいる茶屋を通り過ぎ、少し離れた岸辺に立った。三十半ばの壮年だ。キリッとした顔をしている。地味な着物に茶献上《ちゃけんじょう》の帯を結び、素足を雪駄に通していた。

しばらくすると一艘の釣り舟がやってきて、桜井はそれに乗って浜町堀を下った。

伝次郎は茶屋を出ると、自分の舟に戻り、ある程度の距離を置いて、桜井の舟を追った。

棹を操る伝次郎は着物を尻端折りして襷をかけ、菅笠を被った。桜井の舟はゆっくり川を下ると、そのまま大川に出て深川に入った。

そして大島《おおしま》川に入ると、桜井はそのまま深川大島町《おおしまちょう》の河岸道にあがった。釣り竿は舟に置いたままだ。そこは三蔵《さんぞう》橋の近くで、伝次郎もそばに舟を繋いで陸にあがった。

桜井が行ったのは大島町にある貸座敷屋だった。出合《であい》茶屋と同じ形態の店で、往々にして男女の密会に使われる。

伝次郎は店の表であたりを見まわし、河岸場に置いてある薪束に腰をおろして煙草を喫《の》んだ。日はゆっくり高くなっていて、鶯の声がどこからともなく聞こえてくる。行商人が舟からあがってくれば、三蔵橋をわたってきた職人が大島橋のほうへ歩き去った。その職人とすれちがってくる女に、伝次郎の目が光った。

伊勢屋の後添い・お菊だったのだ。手に風呂敷包みを抱え持ち、ときどき辺りを窺うように見て、そのまま桜井鉄之助の入った店に消えた。

（そういうことか……）

可愛い女房を演じている裏で、不義をはたらいているのだ。信三郎が音松に語ったことがこれでほんとうだとわかった。

ただ問題なのは、信三郎が桜井あるいはお菊に脅しをかけたかどうかである。音松に自分の企みを打ち明ける前に、信三郎が脅しをかけていれば、桜井かお菊がなんらかの手を打ったということは考えられる。もちろん自分の手を汚さず、人を使ってのことと考えるのが常道ではあるが……。

伝次郎は貸座敷屋のそばを何度か移動して、二人が出てくるのを待った。それにさほどの時間は要しなかった。小半刻ほどで二人は店の前に出て、右と左に別れたのだ。

お菊が素知らぬ顔で来た道を引き返せば、桜井は釣り舟に戻った。伝次郎はどうしようか考えた。桜井を尾けるか、伊勢屋に先まわりしてお菊を待つか……。伝次郎は一度自分の舟に戻ったがすぐ河岸道にあがった。

歩いて尾けるほうがたしかだからである。お菊は深川に背を向け永代橋をわたった。曇り空の下を流れる大川が、鈍い光を発していた。

前を歩くお菊は迷いもなく橋をわたると、箱崎町《はこざきちょう》二丁目にある船積問屋を訪ねた。帳場の前で店の者と短くやり取りすると、風呂敷に包んでいた品物（おそらく線香）をわたしてそのまま表に出てきた。

今度は永久橋《えいきゆう》をわたって稲荷堀《とうかん》沿いの道に入った。小網町の表通りは往来が多い、それを避けるためだろう。ときどき乱れを直すように髷に手をあてた。

着物の裾に赤い蹴出《けだ》しがちらちらのぞき、細くて白い足首がまぶしい。伝次郎は足を速めて、声をかけた。お菊はビクッと肩を動かして、幽霊にでも出会ったような驚き顔を振り向けてきた。

「やはり、そうだ。伊勢屋のおかみだった」

伝次郎は口の端に笑みを浮かべて近づいた。

「お出かけでしたか」

「なんでしょう」

お菊はあきらかに警戒していた。

「訊ねるが、笠井信三郎という浪人を知らないか？」

伝次郎はお菊を凝視した。わずかな表情の変化も見逃したくなかった。女は嘘がうまい。お菊は小さく眉を動かして目をみはった。

「さあ、存じあげませんが……」

知っている顔だった。伝次郎に誤魔化しは通用しない。やはり信三郎はお菊に接触していたのだ。

「会ったこともない……」

「いったいなんなんです。わけのわからないことを、おっしゃらないでください。わたしは急いでいるのです」

お菊はさっと背を向けると、逃げるように小走りになって去った。

伝次郎は立ったままお菊の後ろ姿を見送った。お菊はきっと桜井鉄之助に相談する。それも一刻も早く知らせなければならないと、気が急《せ》いているはずだ。

相談を受けた桜井はどう出てくるか。その出方次第で、信三郎殺しの下手人を炙《あぶ》り出すことができるかもしれない。

伝次郎はゆっくり踵《きびす》を返すと、自分の舟に戻るために深川に後戻りした。

六

「あんた、起きなよ。もう昼になるじゃないのさ」

夜具を払ったお吟は、半身を起こすと乱れた寝間着のまま、隣に寝ている秀吉《ひできち》の肩を揺すった。秀吉は小さくうめいて寝返りを打つ。

表で客を呼ぶ声や人の話し声がしていた。枕許には銚子が三本転がっていて、足許には脱ぎ捨てた着物が丸まっていた。

「起きなってば、起きなよ。ねえ、若旦那」

再度お吟が肩に手をやると、秀吉はその手をつかみ取って引き寄せた。

「もう少し楽しもうじゃないか」

「そんなこといったって、もう昼になっちまうよ。腹も空いてきたし……。ねえ」

お吟は甘い声を漏らして秀吉から離れようとしたが、そのまま抱き寄せられた。

「あたしの家を探さなきゃならないんだよ」

「あとでいい。ちゃんと探してやるから……」

秀吉はそのままお吟の乳房にむしゃぶりつき、片手を尻から太股に這《は》わせていった。

こうなったらあきらめるしかない。お吟は好きにさせることにした。

秀吉は本石町《ほんこくちょう》にある呉服問屋・奈良《なら》屋の若旦那だった。お吟は以前から色目を使っていたのだが、二日前に秀吉の誘いに乗って、神田明神《かんだみょうじん》下の出合茶屋に入り、いままで過ごしているのだった。

「おまえさんはいい肌をしている。すべすべしているし、ここは吸いつくようにもちもちしている」

秀吉はお吟の乳房に顔をうずめて、せわしなく両手を動かしていた。お吟はときどき小さな悦《よろこ》びの声を漏らしてやる。それが芝居でも、お吟の体に魅せられている秀吉にはわからない。

「ああ、いい。たまらないよ。おまえさんは……」

「若旦那ァ……」

お吟は体をよじって秀吉の首に腕をまわす。

「なんだい」

「ちゃんと家を借りてくれなきゃ困るんだよ」

「わかっている。約束は守るよ。それより……」

秀吉はそのままお吟の口を吸いはじめた。


梅松という料理屋は、柳橋の南にあった。両国広小路は目と鼻の先で、将軍来船時に使われる上がり場がすぐそばにあった。

お菊は伊勢屋の後添いになる前は、この店の女中だった。伝次郎はその当時の評判を聞いてきたのだが、古顔の女中はお菊の名を出すと、いい顔をしなかった。中には口憚ることなく嫌みをいうものもいた。

「口説かれ上手っていうんですかねえ。振る舞いが上手なんですよ。そりゃあの子は客受けする器量だから、ずいぶんもてはやされていましてね。だからってうちは、女遊びをするような店じゃないから、客はヤキモキさせられる。それをあの子はうまいことやるんです。伊勢屋の旦那といつどこでできたのか知りませんけど、そりゃ伊勢屋の旦那はご執心《しゅうしん》でしたよ」

「浮き名を流したことも一度や二度じゃないというわけか」

「いいえ、そんなことはおくびにも出さないんです。きっとあったんでしょうが、うまく隠していたんですね。そうしないと客が逃げるじゃありませんか」

「桜井鉄之助という旗本が客にいなかったか？」

「あの殿様はよく見えましたよ。見えるたびにお菊をお名指しされるんです。他の女中はいい顔しなかったけど、うちの旦那は看板女中だからって大目に見てくれていました」

つまり、お菊と桜井鉄之助は、以前から付き合いがあったようだ。すると、お菊は伊勢屋と桜井を秤《はかり》にかけたのかもしれない。

伊勢屋を選んだのは、桜井が出世の見込みのない無役の旗本だからだろう。この辺の推測は曖昧《あいまい》だが、とにかくお菊と桜井の親密な仲は、いまでもつづいているということだ。

梅松をあとにした伝次郎は、浅草猿屋町の粂蔵の家に向かった。今日は訪ねるつもりはない。様子見である。

粂蔵の子分らはお吟探しに躍起になっているはずだ。そして、信三郎殺しに関わっているなら、手にかけた人間を逃がしているか、匿《かくま》っているはずだ。

粂蔵の家に動きはなかった。戸口は閉められたままで、人の出入りもない。小半刻ばかり様子を見たが変化はなかった。伝次郎は見張りをあきらめ、甚内橋そばの店に向かった。その店を切り盛りしているのは、粂蔵の女と子分である。

ここも離れたところから店を見張ることにした。粂蔵の店が見えるそば屋に入った。盛りそばを注文し、格子窓から粂蔵の店を見ていると、知った顔があらわれた。小者を連れた長谷部だった。ずかずかと店の中に入り、使用人とやり取りしているのが暖簾越しに見えた。

長谷部と使用人とのやり取りは、伝次郎がそばを食べ終わるまでつづいた。長谷部もお吟の線から、粂蔵を割り出したのだ。おそらく伊勢屋のお菊にも聞き込みをかけているだろう。そして、桜井鉄之助にも。

長谷部がどんな調べをしてどんな動きをするか、伝次郎にはおおよそ見当がついていた。同心はそれぞれに探索をするが、そのやり方はほとんど変わらない。

それは先達《せんだつ》の同心から順々に申し送られ、そしてすり込まれてきたことだ。有能であるかそうでないかを決めるのは、犯罪に対する探究心の強さと熱意である。

聞き込みを終えた長谷部は、店の表に出てくると、一度周囲を見まわしてから来た道を引き返していった。

伝次郎はその姿を見送りながら、音松が音をあげずに頑張っていることを知った。そして、長谷部も音松が下手人だという証拠立てをできないでいるのだ。

伝次郎はそのまま粂蔵の店の見張りをつづけた。商っているのは炭と薪だ。暖簾には山田《やまだ》屋という名が染め抜かれている。なぜ屋号が山田屋なのか、伝次郎にはわからないが、どうでもいいことである。

昼九つ（正午）を知らせる捨て鐘が聞こえたのは、それから間もなくのことだった。空には相変わらず灰色の雲が広がっている。

おりつの夫・甲兵衛は見つかっただろうか、と空を眺めて考えた。見つかっていれば、おりつはめでたく夫婦揃って国に帰ることができる。そうであることを願わずにはいられない。

それは九つの鐘が鳴り終わってすぐのことだった。粂蔵の店にひとりの男が慌てた様子で駆け込んだのだ。すると間もなく、店の奥から四人の男があらわれ、やってきた男といっしょに店を出て行った。

（もしやお吟が見つかったのでは……）

伝次郎は差料《さしりょう》を引き寄せると、そばの代金を飯台《はんだい》に置いて立ちあがった。

七

駆けるように歩く男たちは五人。その中に、伝次郎がたたき伏せた直吉とがに股の成次の姿がある。他の三人は知らない顔だ。

五人の男たちは、伝次郎に尾けられていることには気づかず先を急いでいる。ときどき互いに短く言葉を交わしているが、誰もが気色ばんだ顔をしていた。

喧嘩騒ぎか、あるいはお吟を見つけたか……。

とにかく五人の行く先になにかがあるのだ。それは信三郎殺しと関係ないかもしれないが、伝次郎は気になる。ただ、男たちの親玉である粂蔵の姿はない。ひょっとすると、これから行くところにいるのか？

男たちは大名屋敷地を抜けると、神田佐久間町《さくまちょう》と神田相生町《あいおいちょう》を素通りし、明神下の通りに入って足をゆるめたが、それぞれに物々しい空気をまとっていた。

男たちは明神下の西、御台所町《おだいどころちょう》の裏通りに入ると、一軒の店を訪ねた。二人が店の中に入り、三人は表に残った。

店は料理屋の体裁だが、男女密会の場に使われる出合茶屋だ。様子を窺っていると、店に入った二人が飛び出してきた。裏だと血相変えてつばを飛ばした。

男たちは脱兎《だつと》のごとく裏に駆けて行く。しかし、すぐに立ち止まって、あたりを見まわし、口々に逃げられたとか、逃げやがったといい、見張りをつけねえからこういうことになるんだと、仲間をなじったりした。

伝次郎にはなにをいっているのか理解できない。男たちが引き返してきたので、慌てて茶屋の葦簀《よしず》の陰に隠れた。

「ようやく見つけたってェのに、油断のならねえ女だ」

「だが、この辺にいるのはたしかだろう」

「あの女のことだ。またその辺で男をつかまえて誑《たぶら》かすんだ。それにしても癪《しやく》にさわる売女だ」

直吉だった。

「おいおい、そんなことといったら兄貴にお目玉食らうぐらいじゃやすまねえぜ」

「構うもんか兄貴の金を持ち逃げしたあばずれじゃねえか。お、あの野郎だ」

全員がさっきの出合茶屋から出てきた男を一斉に見た。男は青白い腑抜け面で、覚束《おぼつか》ない足取りだ。

「おい、おまえ」

腑抜け面を呼び止めたのは、成次だった。

呼ばれた男はぼんやりした顔を成次たちに向けたが、すぐに顔をこわばらせて逃げようとした。直吉がすぐに袖をつかんで引き止めた。

「逃げるこたァねえだろう。あれ、おめえ、どっかで見た顔だな。……ああ、思い出した。奈良屋の若旦那だろう、本石町のよ。たしかそうだ」

「は、放してください」

「そうはいかねえさ。お吟はどこへ逃げた？　おめえさん知ってんじゃねえか」

「し、知りません。いったいあの人がどうしたというんです？」

「どうもこうもねえ女狐《めぎつね》だ。兄貴の金を持ち逃げしたんだよ」

「お吟さんがお金を……そりゃおかしいです。あの人は騙されてお金をすっかり取られちまったといっていましたが……」

「そんなの嘘に決まってらァ。人に同情させて、身ぐるみ剝ぐのがあの女だ。そのためだったら平気で股を開く、どうしようもねえ女さ。おい、なにか聞いてねえか」

「なにも聞いてません。ただ住むところがなくなったんで家を借りてくれといわれまして、それで家を探してやるつもりだったんですが、なにがあったのか知りませんが、突然どっかに行ってしまって……そしたら、あなたたちが押し入ってきて……」

若旦那は直吉の仲間の顔をビクビクしながら見た。

「お吟は逃げるときに、行き先をいったんじゃねえか」

成次が若旦那の襟をつかんで、顔を寄せて聞く。

「なにもいってません。ただ、まずいことになったといって、たいそう慌てた様子で部屋を出て行っただけです」

「逃げた先に心あたりはねえか」

若旦那は首を横に振った。ほんとうになにも知らないと、泣きそうな顔でいう。

直吉たちはそれからもしつこく、お吟のことを訊ねたが、若旦那は知らないの一点張りだった。結局、直吉らはあきらめて、そのまま歩き去った。

伝次郎は若旦那を追おうか、男たちを尾けようか短く迷ったが、いまのやり取りを聞いていたので、直吉たちをもう一度尾けることにした。

五人の男たちは固まって歩いていたが、神田佐久間町まで来るとそれぞれに散っていった。伝次郎は直吉をそのまま尾けつづけた。

ひとりになった直吉は、粂蔵の店をやり過ごすと、鳥越明神のそばにある長屋に入った。そこが直吉の家のようだ。伝次郎はあたりに目を配ってから、長屋の木戸口から路地に入り、直吉の家の前で立ち止まると、そのまま腰高障子を引き開けた。

直吉がギョッとした顔を振り向けてくる。

「な、なんだてめえ」

「おまえに話があるんだ」

伝次郎は後ろ手で戸を閉めて、直吉のそばに行った。

「なんの話だ。おれにはなにもねえぜ」

「おまえはおれに嘘をついた。そうだな」

「嘘なんかついちゃいねえよ」

直吉はふて腐れたようにそっぽを向く。

「おまえはお吟を連れ戻したのは、自分の仲間じゃなくて、そのことを知っているやつから聞いたといった。だが、信三郎に殴り込みをかけて、お吟を連れ戻したのは朝吉と文五郎と弥之助という男だった」

直吉はどうして知っているんだという顔を向けてくる。

「粂蔵から聞いたんだ。なぜ、おれに嘘をつく？　信三郎を殺したのはおまえたちではないのか。おまえじゃなきゃ、殴り込みをかけた三人のうちの誰か……どうだ？」

伝次郎は鷹の目になって直吉を射るように見る。直吉の頰がヒクッと引きつれたように動いた。

「やつらが殺しなんかするわけないでしょう」

「そうかい。ひょっとすると、お吟が信三郎殺しの下手人を知ってるんじゃないか。どうだ」

「知らねえよ。おれには関係のねえことだ」

「おい」

伝次郎は直吉の顎をつかんでにらみつけた。

「正直に話せ。もし、下手人を知っていて隠すと、おまえも同罪になるんだ。その罪は軽くないぜ」

「知らねえもんは、知らねえといってるじゃねえかッ！」

直吉は伝次郎の腕を強く払って、声を荒らげた。

「よし、それなら三人に会わせてもらおう。朝吉、文五郎、弥之助だ。どこにいる？」

「知らねえ」

直吉は足を組み替えて、煙草盆を引き寄せようとしたが、伝次郎にその手をつかまれた。

「なにすんだ！　痛ェじゃねえかッ！」

「なにもやってなきゃ隠すことはないはずだ。そうじゃないか。とにかく三人に会わせるんだ。案内しろ」

伝次郎は直吉を表へ引きずり出した。

「こんなことしてただですむと思うな」

伝次郎は抗おうとする直吉の腕をつかんだまま、表の通りに出たが、前から人相のよくない男たちがやってきて、伝次郎と直吉を見るなり立ち止まった。がに股の成次がその中にいた。

「おい、この浪人をなんとかしてくれ、おれに因縁つけてんだ」

直吉が助けを求めるように喚くと、

「おれたちを痛めつけた勘弁ならねえ浪人だ。遠慮するこたァねえぜ」

成次がつばを飛ばしながらさっと匕首を抜くと、他の者たちもそれに倣《なら》った。一瞬にしてその場が緊迫した空気に包まれた。

第六章　若旦那

一

相手は五人。伝次郎は自分を取り囲んだ男たちを無言で眺めた。その男たちの背後に野次馬たちが集まりはじめていた。

こんなところで刃傷沙汰《にんじょうざた》は起こしたくないし、起こせば面倒なことになる。しかし、相手はおとなしく刃物をしまうような輩《やから》ではない。

「今日はたっぷりお返ししてやるぜ」

直吉は仲間が来たので急に勢いづいて、伝次郎をにらむ。さっと、伝次郎の顔を匕首がかすめた。右から切りつけて来た男がいたのだ。かろうじてかわすと、そこへ別の男が腹を刺しにきた。

伝次郎は腕をつかみ取ると、相手の勢いを利用して投げ飛ばした。投げられた男は商家の軒下にある天水桶にぶつかり、積んであった手桶をガラガラと崩した。

振り返った伝次郎の腰に組みついた男がいた。そこへ直吉が切りかかってきたので、伝次郎は組みついた男の帯をつかんで盾にして防御した。

「あいたッ！」

悲鳴は直吉に腕を切られたからだった。ぽたぽたと腕から流れる血を落としながら、よたよたと道端に座り込んだ。伝次郎にはそんなことを見ている暇はない。右から切りかかってくる者がいれば、背後から刺しにくる者がいる。

刀で応戦すればわけないが、そうなると無用な怪我人を出すし、殺してしまうかもしれない。そうなれば面倒このうえない。

「おりゃあ！」

ひげ面の男が正面から匕首を振りまわしてきた。藪《やぶ》をかきわけるように匕首を動かす。伝次郎は半身をひねりながら、ひげ面の足を払った。どおとひげ面は地面に倒れる。

すると、今度は右から刺しにくる者がいる。油断も隙もない。さっき投げ飛ばされた男が、落ちた手桶を拾って投げてきた。

伝次郎がひょいと腰を落としてかわすと、左から脇腹を切りつけて来た男がいた。伝次郎はさっと、半歩下がってかわす。転瞬、鉄拳で相手の顔面を殴りつけた。ぐしゃっと奇妙な音がして、男は鼻を押さえた。その指の間から血があふれていた。

「くそッ、こうなったら束になってかかるんだ」

直吉が喚くと、匕首を構えた男たちが正面に並んだ。

あくまでも素手で応戦していた伝次郎だが、こうなると一筋縄ではいかない。男たちはじりじりと間合いを詰めてくる。一斉に突っ込んでこられたら防ぎようがない。

伝次郎は眦《まなじり》を吊りあげるなり、目にも止まらぬ早さで抜刀すると、刃風をうならせて袈裟懸けに刀を振った。男たちがそれで一歩下がる。伝次郎はもう一度刀をうならせた。

男たちが怯んでさらに下がった。それを見た瞬間、伝次郎はさっと背を向けて走った。

（ここは一旦引き下がるしかない）

男たちは追ってきたが、しばらくしてあきらめたのか、立ち止まって逃げる伝次郎に罵声を浴びせ、小馬鹿にした笑い声をあげた。

一旦、朝吉、文五郎、弥之助に会うのをあきらめた伝次郎だが、休んでいる暇はなかった。信三郎殺しの下手人を、粂蔵の仲間と断定するにはまだ早いし、お菊がひそかに通じている桜井鉄之助への疑いもある。

かといって桜井鉄之助への接触は容易ではない。歩きながら、ならばどうするかと考える伝次郎は、やはりお菊を責めようと決めた。こうなったら悠長《ゆうちょう》なことはしていられない。音松を救うためには一刻を争う。

浅草橋そばの石切河岸に置いていた舟に戻ると、伝次郎は小網町に向かった。うす墨を流したような空から、小さな雨粒が落ちてきたのは、新大橋をくぐり抜けたあたりだった。

雨粒に頬を打たれた伝次郎は、空を見あげた。はっきりした雨雲は見えないので、雨はすぐにやむはずだ。案の定、行徳《ぎょうとく》河岸までくると気まぐれな雨はやんだ。

お菊に会うために伊勢屋の裏道に入ろうとしたときだった。そばにある饅頭屋の店頭に置かれた床几から立ちあがった女がいた。

（お菊……）

一瞬目が合ったが、お菊は視線をそらして背を向け、自分の店のほうへ歩いていった。だが、店には立ち寄らずにそのまま貝杓子《かいじやくし》店のほうへ向かった。

まるで自分についてこいというような歩き方だった。そのとき、伝次郎はお菊が小さくうなずいたことに気づかなかった。

そして、背後に人の気配を感じたのは、貝杓子店を過ぎようとするときだった。声はすぐ後ろからかけられた。

「黙って歩け」

それは低い声だったが、強い命令口調だった。相手を見ようとしたときには、左右を二人の男に挟まれる恰好になっていた。刀を抜けないように体を寄せてくる。

二人は侍だった。

「なんの用だ？」

伝次郎は問うたが、右の男が威嚇《いかく》する目で、歩けと顎をしゃくった。そのまま誘導されるように連れて行かれたのは、稲荷堀沿いの道だった。左は銀座の長塀、堀を挟んだ向こうには大名屋敷。そして、道の先も大名屋敷と旗本屋敷だ。人の通りは極端に少ない。いや人影はなかった。

「きさま何者だ？」

右に来て体をぴったり寄せている男だった。

「それはこっちの科白《せりふ》だ」

相手は伝次郎の言葉など気にせずにつづけた。

「いらぬ穿鑿《せんさく》は無用だ。これ以上深入りするようならただではすまぬ」

「それは伊勢屋の女房、お菊のことか？　あるいは桜井鉄之助様のことか？」

お菊がこの二人と示し合わせていたのはわかったが、相手の意図はわからない。

「穿鑿無用といったはずだ」

刹那《せつな》、左にいた男が自分の刀の柄で、伝次郎が刀を抜けないように押さえれば、右にいた男がさっと抜いた刀を、伝次郎の首筋にあてがった。

伝次郎に隙ひとつ見せない鮮やかな手合いだった。

「いっている意味はわかるはずだ。人の弱みにつけ込むつもりだろうが、それは大きな誤りだ。すべては納得ずみである」

「納得ずみとは……」

問うた瞬間、肩を押されると同時に足払いをかけられた。伝次郎はそのままうつぶせに倒れた。すぐ起きあがろうとしたが、またもや首筋に刀を突きつけられた。

「同じことを二度といわせるな。これは忠告だ。だが、つぎはどうなるかわからぬ。己の身が可愛ければ、なにもしないことだ」

男はさっと刀を引くと、そのまま鞘に納めて、ゆっくり下がった。

二

長谷部玄蔵は佐賀町の自身番の表にある床几に座っていた。口をねじ曲げたような憮然《ぶぜん》とした顔で、空の一角をにらむように見ていた。

(音松じゃねえのか……)

そんな思いが強くなっていた。それは、音松が信三郎を刺したといった、忠兵衛という金作長屋の年寄りの証言が変わったからだ。

──いや、よく考えてみりゃ、音松さんが刺したところは見てないんです。わたしゃ信三郎の胸に刺さっている刃物を音松さんが持っていたんで……てっきりそうだと思い込んだんです。なにしろあんなところを見たのは初めてですから、わたしも正気じゃいられませんでしたからね。

詳しく事細かいことをもう一度確認するために会ったら、忠兵衛はそういったのだ。

しかし、音松以外の容疑者はひとりも浮かんでこない。佐賀町界隈で信三郎が散々迷惑をかけたり、喧嘩したりした店や人間にあたってみたが、ことごとく外れだった。

(こうなると、信三郎を袋叩きにした条蔵の子分どもか……)

長谷部がそうやって思案をめぐらしていると、旦那と声をかけて小者の亀五郎がやってきた。

「なにかわかったか?」

「へえ、音松は長屋の木戸口で肩がぶつかった男がいるといいましたね」

「うむ」

「そいつに似た男を見たものがいるんです。それも信三郎が殺された頃のことです」

「誰が見たというんだ？」

長谷部は色の黒い亀五郎に体ごと顔を向けた。

「豆腐屋の娘です。油堀に面した店があるでしょう」

「あそこの娘が……そりゃほんとうだろうな」

「会って話を聞きますか」

「無論だ」

長谷部はさっと床几から立ちあがった。

音松は仮牢の隅に膝を抱えて座っていた。天井近くにあかり取りの小さな窓があり、灰色の空が見えていたが、いまは漂っていた雲が払われて、青空がのぞくようになっていた。日が傾きはじめているのがわかった。七つ（午後四時）の鐘をさっき聞いてもいる。

音松は細いため息をついて、肩を落とし、足許に視線を向けた。体のあちこちに痛みがある。笞打ちの拷問に耐えはしたが、今度は石抱きだと脅されていた。石抱きなどやられたらたまったものじゃない。

石抱きは十露盤《そろばん》（三角形の角材）という板の上に座らされ、膝の上に目方十二貫《かん》の平たい伊豆石《いずいし》をのせていく拷問である。一枚だけでも脛《すね》の骨が悲鳴をあげるのに、強情な被疑者には十枚も積まれる。

被疑者は痛みと苦しみで、口から泡を吹き、鼻水を垂らし、ついには血を吐く。その苦痛から逃れるために、被疑者は無実なのに罪状を認めてしまうことがある。

いまさらではあるが好奇心を起こして、信三郎などに近づかなければよかったと後悔することしきりだ。薹《とう》の立っている古女房でもお万の顔を脳裏に浮かべると、無性に会いたくなる。疑いが晴れたら、やさしくしてやろうと思いさえする。

同時に伝次郎のことを考え、どこでなにをしているのだろうかと不安になる。自分を助けるために動いてくれているのだろうかと思いもする。

（いや、旦那のことだ。きっとおれを助けるために調べをしているはずだ）

音松はキュッと口を引き結び、ゆっくり拳をにぎりしめた。今度という今度は罪人の辛さが、身にしみてわかった。このまま牢屋敷に送られたら、もっとひどい仕打ちが待っているはずだ。そのことを想像すると、我知らず体がふるえそうになる。

(助けてください。おれは殺しなんかしていないんだ)

音松は目を閉じて、拝むように手を合わせた。

そのとき、廊下に足音がした。ハッと目を開けて顔をあげ、体をこわばらせる。かたい顔のまま牢格子の向こうを見ていると、長谷部玄蔵と亀五郎という小者があらわれた。

音松は息を呑んで、まばたきもせずに長谷部を見た。知らず知らずのうちに鼓動が速くなってくる。これから恐怖がはじまるかもしれないと思うと、口の中が乾いてもくる。

「音松……」

長谷部が低い声を漏らして見てきた。

「へえ」

「豆腐屋の娘が、おめえが見たという男を見ていた。頬被りをして棒縞の着物を着た男だ」

音松はハッと目をみはった。

「その野郎は店の前を駆けるように歩いていたが、丼におからを山盛りにして持っていた娘とぶつかり、そのまま下之橋をわたって永代橋のほうへ行ったそうだ」

音松は生つばを呑んだ。

「亀五郎、出してやれ」

長谷部に命じられた亀五郎が、仮牢の錠前を外した。音松は肩に入っていた力を抜いて、ホッと安堵《あんど》の吐息をついた。

「音松、ひとまず放免《ほうめん》だ。だからといって安心するな。おれはまだすっかりおめえが無実だとは思っちゃいねえからな」

長谷部は冷たい目を音松に向けながら静かにいった。

「へえ。でもあっしはやっちゃいません」

音松はゆっくり立ちあがると、小腰を折って仮牢から出た。

三

空をおおっていたうすい雲が流され、西の空が日の名残に赤く染められていた。

だが、もう江戸の町は暗くなりかけ、長屋の炊煙といっしょに夕靄が漂いはじめていた。

伝次郎は行徳河岸に猪牙をつけたまま、どうしようか迷っていた。自分に忠告をした二人の侍の言葉がずっと頭に引っかかっていた。

あの男は、

──すべては納得ずみである。

といったのだ。

その意味がわからない。だが、二人の侍がお菊と通じている桜井鉄之助の使者だというのはまちがいないだろう。おそらくお菊は、自分のことを桜井に知らせ、そしてすぐに伝次郎に警告を与えるための手が打たれたのだ。

信三郎を殺した男は侍には見えなかったと、音松はいっている。だが、変装はいくらでもできる。信三郎殺しの下手人を、桜井鉄之助の差し金だと考えることはできる。

それは桜井が、お菊と通じていることを隠すため以外のなにものでもないはずだ。であれば、

（なぜ、おれの口を封じなかった）

という疑問が伝次郎の胸のうちにある。

「桜井鉄之助……」

声に出して小さくつぶやいた伝次郎は、暮れかかっている河岸道を行き交う人の姿をぼんやり眺めた。桜井鉄之助に直接会うことはできないだろう。屋敷を訪ねたとしても、門前払いされるのがオチだ。

ならばお菊にもう一度接触しようかと考えもするが、下手人についてお菊が知っているとは思えない。桜井鉄之助の手のものの仕業だったとしても、お菊はそのことを知らないはずだ。

（こっちはあとまわしにするか……）

伝次郎は舟の舫をほどくと、棹をつかんだ。もうそのときには肚は決まっていた。

信三郎に殴り込みをかけた三人に会わなければならない。

朝吉、文五郎、弥之助という男たちだ。

条蔵の子分らと昼間やりあっているので、これからは十分な注意が必要である。ならずものの集まりだから、なにをしでかすかわからない。会いたい三人に会うことができなければ、もう一度粂蔵に会う必要がある。もし、粂蔵が三人を匿《かくま》うようなことをしていれば、疑いは濃くなる。

（それにしてもどういうことになっているのだ）

伝次郎は三つ叉を抜けて大川に出ると、棹から櫓に持ち替えた。日の落ちるのは早く、大川の水面が黒々と光っている。まるでねっとりした油がうねっているように見える。

暗くなると水脈《みお》が読めない。船頭は流れの速い遅いを水脈の色で見極める。それはあかるい光線の手助けがあってできることだ。しかし、大川を知り尽くしている伝次郎は、夜でも自分の進むべき水路を選べるようになっていた。

櫓を漕ぎながら深川の町屋を眺めた。赤い蛍のようなあかりが点々と浮かんでいる。居酒屋や料理屋のあかりだ。そして、河岸道を移動しているあかりは、人の持つ提灯である。

おりつの夫・甲兵衛は見つかっただろうか。そうであることを祈らずにはいられない。そして、気になるのが音松だ。まだ大番屋に留め置かれているのであれば、調べはきつくなるはずだ。

もちろん長谷部玄蔵は年季の入った同心であるから、相応の調べを進めているはずだ。その過程で音松の疑いが晴れていれば、放免されているかもしれない。

伝次郎はそのことをたしかめたいという強い衝動に駆られ、佐賀町のほうに目を向けた。音松の店はあの辺だと見当をつけるが、町は宵闇に包まれているので、たしかにあの店だと特定するのは難しかった。

とにかく疑わしき三人に会うのが先だと決めている伝次郎は、そのまま舟を遡《そ》上《じよう》させた。途中で屋根船とすれちがった。提灯と行灯を点《とも》した船内に、数人の影が見えにぎやかな弦楽の音が聞こえてきた。

風流を好む分限者《ぶげんしや》が、幇間《ほうかん》や芸者などといっしょに遊んでいるのだ。

その屋根船はゆっくり大川を下って少しずつ遠ざかっていったが、ひときわ甲高い楽しげな嬌声《きようせい》が聞こえてきた。

（お吟……）

思わず胸のうちでつぶやいたのは、楽しそうな女の声を聞いたからだ。

粂蔵の手下は血眼《ちまなこ》になってお吟を探している。それはお吟が粂蔵の金を持ち逃げしたからららしいが、果たしてほんとうだろうか。

じつは他の理由があって探しているのではないか。そこまで考えたとき、いったいいくらの金をお吟は持ち逃げしたのだろうかと考えた。そのことは聞いていない。端金《はしたがね》を盗まれただけで粂蔵が躍起《やっき》になるとは思えない。それ相当の金を盗んだと考えるのが筋だ。しかし、そうではなくお吟が信三郎殺しの下手人を知っていたならどうなる。その下手人が粂蔵の手下ならば、目の色を変えるのは当然だろう。

そんなことを考えているうちに、柳橋が近づいてきた。伝次郎は神田川に乗り入れると、櫓から棹に持ち替えて、石切河岸に舟をつけた。

陸にあがった伝次郎はそのまま粂蔵の家に向かった。途中で粂蔵の手下には出会わなかった。そして、粂蔵の家は暗いままで、戸口はしっかり閉められていた。

裏にまわって雨戸の隙間から屋内に目を凝らしたが、人のいる気配も声もしない。留守なのだ。それなら甚内橋そばの店はどうだろうかと思って、そちらに足を向けたが、こっちもすでに戸締まりがしてあり、誰もいなかった。

待ってもよいが、連中のことだから帰りはいつになるかわからない。それならば直吉の家はどうだろうか？　そう思ってまわってみたが、やはり留守であった。

（無駄足だったか……）

伝次郎は軽い徒労感を覚えながら帰ることにした。

「沢村の旦那……」

ひそめた声をかけられたのは、御蔵前の通りに出たときだった。そばに寄ってきたのは、長谷部玄蔵の小者・勘助だった。

「旦那も粂蔵をあやしんでいるんですね」

「まあ、お吟のことがあるからな」

伝次郎はわざと言葉を濁してつづけた。

「長谷部さんも粂蔵を疑っているのか？」

「粂蔵というより、信三郎を袋叩きにした手下です。昼過ぎから見張ってんですが、とんと居場所がわからないんで、粂蔵の家と店を見張っていたんです」

「それでなにかわかったか？」

伝次郎は小柄な勘助を見た。

「今日はなにも……」

わからなかったというように、勘助は首を振った。

「連中はお吟を探している。なんでも粂蔵の金をお吟が盗んで逃げたらしいが

「……」

「粂蔵は腹に据えかねてるんでしょう。面倒みた女なのに、ケツをまくられたようなもんですからね。それより、信三郎は自分を袋叩きにした三人に仕返しをしているようです。音松はそんなことを信三郎から聞いています。ひょっとするとそいつらが、仕返しの仕返しで信三郎を殺したと考えることもできます」

「そりゃあ、長谷部さんの考えか……」

「ま、そういうことです」

「それでもまだ音松への疑いは解かないでいる」

「音松は殺しに使われた得物を持っていました。それを見た忠兵衛という年寄りもいます。簡単に疑いを解くわけにはいかないでしょう」

二人は並んで歩いているのだが、伝次郎は粂蔵の手下がいないかと周囲に注意の目を向けつづけていた。

「今日は引きあげか」

伝次郎が聞くと、勘助は留守の家を見張っていても埒があかないからという。

「それじゃ明日、出直しだな」

そういった伝次郎は、浅草橋の手前で勘助と別れた。

昼間はすっきりしない空が広がっていたのに、いまは満天の星空になっていた。

舟に戻った伝次郎はゆっくり舟を出して、大川をわたった。舟提灯のあかりが川面で揺れている。ときどき、舟のそばで魚の跳ねる音がした。

竪川に入るとなぜかホッとする。自宅が近いのと、自分の舟を置く河岸がすぐそこにあると安心するからだろう。それに少し気が急いていた。自分の調べは進まなかったが、おりつの夫探しはどうなっているだろうかと、そのことが気になっているからだった。

四

山城橋をくぐると、いつもの場所に猪牙をつけて、舟提灯を消した。そのときだった。そばの雁木に人の気配があった。そっちを振り向くと黒い人影があり、さっと腰から抜かれた刀が星あかりをはじいて振りおろされてきた。

伝次郎はとっさに腰を低め、そばに置いていた棹をつかんだ。その間にも相手は斬撃を送り込んでくる。

「なにやつ……」

低く声をかけた伝次郎はトントンと舳《へさき》のほうへ移動し、雁木に飛び移った。舟底に置いていた刀は取れなかったが、手には棹がある。

「うむ……」

黒い影は右八相に構えて、伝次郎との間合いを詰めてくる。頭巾を被っているので顔はわからないが、鋭い双眸《そうぼう》だった。

伝次郎はわずかに腰を落とし、手にしている棹を槍のようにしごいた。相手は頭巾を被っているので顔は見えないが、ニヤリと笑ったのがわかった。

伝次郎は左足を後ろに引き、棹を体の左へ移した。その刹那、相手が撃ち込んできた。電光石火の早業といってもよかった。それだけ鋭い太刀筋だったのだ。

ガチッ。火花が散り、相手は撥《は》ね返されるように下がった。頭巾にのぞく目が驚愕《きょうがく》したように見開かれていた。

伝次郎は相手が撃ち込んできた瞬間、棹をふたつにわけるように抜いて、鋭い斬撃を撃ち返したのだ。仕込棹だったことに、相手が驚くのは無理もない。

伝次郎はさっと仕込棹を右上に振りあげた。棹の先に拵《こしら》えてある刃が、きらりと月光をはじいた。

「きさま、小癪《こしゃく》なことを……」

声を漏らした相手は、刀を青眼に構えなおした。雁木は階段状になっているが、幅は一尺あるかないかで、決して足場はよくない。

「誰の差し金だ？」

伝次郎は相手との間合いをはかりながら問うた。

「…………」

返事はなかった。その代わりに、じりじりと間合いを詰めてくる。隙が見えない。かなりの腕だというのはわかるが、足場の悪さがあるので、足さばきに迷いがある。

伝次郎も間合いを詰める。夜風が乱れた鬢《びん》の毛を揺らし、月光が伝次郎の目を光らせる。

相手が誰の指図を受けているのかわからないが、伝次郎の命を狙いに来た刺客である。仕留めるという気迫がひしひしと伝わってくる。臆すれば斬られる。それはすなわち死を意味する。

伝次郎は口を真一文字に引き結び、奥歯を嚙んだ。

刺客がさっと右八相に構えなおしたと思ったら、上の石段に飛び移り、そのまま大上段から斬りに来た。伝次郎はわずかに体を反らし、膝を曲げるなり相手の顎を払いあげるように仕込棹を振りあげた。

ビュッという風切り音がした。そのとき、男が雁木を踏み外し、片膝をついた。伝次郎は槍のように相手の胸を突きにいった。刺客は転がって逃げ、素早く立ちあがると、大きく下がった。

「きさま、このままではすまぬ」

刺客は短く声を漏らすと、さらに下がって刀を鞘に納めた。そのまま河岸道にあがり、もう一度伝次郎を無言で振り返って闇の中に消えていった。

伝次郎は仕込棹を構えたまま、しばらく河岸道を見ていた。刺客の気配がすっかり消えると、ふっと肩の力を抜いて小さな吐息をついた。

自宅長屋に帰ったが、千草もおりつもいなかった。伝次郎は煙草を喫みながらさっきの刺客のことを考えた。昼間は桜井鉄之助の指図を受けた二人の男に忠告を受けた。だが、刺客はあの二人ではない。背恰好がちがうのだ。

では、誰が送り込んできたのか？　桜井鉄之助が別の人間を寄こしたと考えることもできるが、その可能性は低いだろう。となれば、粂蔵に関わっている男か。

とにかく信三郎殺しの下手人探しをいやがっているものがいるということだ。つまり、その人間が下手人、あるいは下手人を庇っていると考えていいだろう。

煙草を吸い終えた伝次郎は、そのまま千草の店に向かった。夜風がさっきより強くなっている。南の空にあったあかるい月は、少し西に移動し、流されてくる雲の向こうに隠れた。

歩きながらその日一日のことを考えた。

粂蔵の子分らのこと、自分に忠告を与えた二人の侍、舟着場で襲ってきた刺客。

そして、
さらに音松のことを考え、長谷部の小者・勘助の話を思い出した。長谷部は伝次郎と同じように、信三郎を袋叩きにした三人に疑いの目を向けている。つまり、音松の容疑を固められないでいるのだ。であれば、放免されてもおかしくはない。

あれこれ考えながら歩く伝次郎だが、千草の店が近くなってくると、おりつの夫探しが気になってきた。

店の近くまで来たとき、二人の客が出てきた。それを送り出した千草が、伝次郎に気づいて体を向けてきた。

「あなたを待っていたんです」

「見つかったのか……」

千草はいいえと首を振ってから言葉をついだ。

「でも、なんとか見つけられると思うんです。松本様がご親切にいろいろと世話を焼いてくださっていまして、明日もいっしょに探すことになりました」

「そうか。ひょっとして、会えたのではないかと思っていたが……」

「音松さんのことはどうなりました?」

「うまくいかない。それより腹が減っている」

伝次郎は千草といっしょに店に入った。客はおらず、おりつが浮かない顔で小上がりの縁に座っていた。伝次郎を見ると、さっと立ちあがって一礼した。

「おりつさん、気持ちはわかるが焦ることはない。松本殿が力になってくれるのだ。きっと見つかる」

「はい、見つからないと困ります」

「わたしは手伝えなくて申しわけないが……」

「気にしないでください。事情はわかっていますから。それにいろいろと親切にしていただき、かえって申しわけなく思っているくらいです」

「それにしてもご亭主はほんとうに江戸にいるのだろうな」

「そのことを今日も話していたのですけど、わたしがもらった手紙には江戸にいると書かれていましたので……」

伝次郎は一度千草を見てから、おりつに顔を戻した。

「それで体のほうはどうなのだ」

「心配いりません」

おりつがそう答えとき、店の戸ががらりと開けられた。入ってきた男を見て、伝次郎は目をみはった。

五

「音松……」

伝次郎が驚きの声を漏らすと、音松が近寄ってきて頭を下げた。

「旦那、ご心配おかけしやした。今日、長谷部の旦那に放免されました」

音松がそういうと、千草がよかったわねえ、と喜びの声を発した。

「あっしが見た男を、豆腐屋の娘が見ていたんです。それで帰されたんですが、だからといって長谷部の旦那はあっしへの疑いをすっかり解いちゃいません」

「長谷部さんにそういわれたのか……」

「へえ」

音松は弱り切った顔で頭を下げる。

「ま、とにかく座って話を聞こう」

伝次郎はいつもの小上がりに座ると、千草に腹が減っているのでなにか作ってくれと頼んだ。

音松は大番屋から出たあとで、豆腐屋の娘に会ったと話した。男の顔を見たかどうか気になっていたので、それをよくよく思い出させようとしたらしいが、男にぶつかられて落としたおからを拾うのに気を取られたので見ていないらしい。

「その男の顔でもわかればいいのだがな……」

話を聞いたあとで伝次郎はいった。

「あっしも他に誰か見たやつがいるんじゃないかと思って、大番屋から帰ってくると金作長屋の連中や近くのものに聞いてまわったんです。でも、見たものはいませんで。あ、もっと早くこのことを知らせに来なきゃならなかったんですが……」

「気にするな。おれもいましがた来たばかりなんだ」

「で、なにかわかりましたか？」

「わかったことは少ない。気がかりなことはいろいろあるが……」

「なんです」

音松は身を乗り出してくる。

「ま、それはあとで話そう。あ、こちらは音松といって、わたしの昔からの仲間です。こっちはおりつさんとおっしゃって、伊予から見えているんだ」

伝次郎が音松とおりつのことを互いに紹介すると、

「伊予……」

と、音松が目をまるくした。

「四国です。じつは夫を探しに江戸に来ているのです」

「ご亭主を、なんでまた四国くんだりから……」

音松の疑問には、魚の煮つけを運んできた千草が手短に説明した。

「そりゃまた大変なことに。でも脱藩になるんじゃ……」

「それも心配ないの。いろいろとわけがあって、咎め立てはされないらしいのよ。それより、おりつさんのお腹にはご主人との子がいるの」

「ええ、そりゃまた大変じゃないですか。体は大丈夫なんで……」

音松はおりつの腹のあたりを見る。

「まだ、三月になるかならないかですから、歩きまわっても平気なんです」

「早く見つけなきゃどんどん腹はふくらんでいくでしょう」

「だから一日も早くご主人を見つけようとしているのよ」

千草が漬物と飯を運んできたので、伝次郎は遅い夕餉《ゆうげ》に取りかかった。板場に戻った千草が、もう店を閉めるという。

「おりつさんもお疲れでしょうからそうしましょう。ちょっと手伝ってもらえるかしら」

「もちろんです」

おりつは板場に入って、片づけの手伝いにかかった。千草の気遣いで、伝次郎は音松と話をしやすくなった。

「信三郎は自分を袋叩きにしたやつらに、仕返しをしたようなことをいったんだな」

「はっきりとはいいませんでしたが、そんなことを口にしました」

「妙な動きがあるんだ。信三郎が連れ込んだお吟という女は、鳥越の条蔵の女だった。そうじゃなかったとしても条蔵が面倒を見た女だ」

「条蔵……」

音松は聞いたような名だといって視線を動かした。

「鳥越で薪炭屋をやっているゴロツキだ。甚内橋のそばで……」

「あいつですか」

音松はまあるい顔にある目を大きくした。

「信三郎を痛めつけたのは、やつの手下で朝吉、文五郎、弥之助という三人だ。なんとしてでもその三人に会って話を聞かなきゃならねえ。だが、やつらはおれを狙っているかもしれん」

「どういうことです」

音松は声をひそめて身を乗り出してくる。

「さっき、山城橋で何者かに襲われたんだ。条蔵の手下らはおれが船頭をやっていることを知っているはずだ。刺客を雇ったのかもしれん」

「すると、やつらはてめえたちのことを、探られるのをいやがっているってことじゃないですか」

「そういうことだ。おかしなことは他にもある。伊勢屋のお菊と桜井鉄之助様だ。そして、信三郎はお菊を脅しているはずだ。もちろん桜井の殿様との不義のことだろうが、おれはそのことをお菊にほのめかした。すると、見知らぬ二人の侍に不意をつかれて忠告された。いらぬ穿鑿は無用だとな」

「すると、桜井様とお菊も信三郎殺しに関わっているかもしれないってことですか……」

音松はまばたきをする。

「疑いはある。ところがおれに忠告した侍は、すべては納得ずみだといっている。お菊と桜井鉄之助様のことをいっているのか、それともお菊の亭主である伊勢屋源右衛門が二人の仲を認めていたってことなのかわからぬ。もし、源右衛門が二人の仲を認めているのなら、二人は隠れて会う必要はないはずだ」

「ほんとにお菊と桜井の殿様は……」

音松の問いに、伝次郎はその日二人が、深川大島町の貸座敷屋で密会したことを話した。

「それじゃ桜井様の手先が下手人かもしれないと……」

「それはわからん。粂蔵の手下かもしれぬ。お吟を自分の家に連れ込んだ信三郎が、連中に仕返しをしていれば、やつらはそのまま黙っていなかったはずだ。ただ、思うことがある」

「なんでしょう……」

伝次郎は飯を平らげてから答えた。

「お吟がいないんだ。やつらは目の色を変えてお吟を探している。それは粂蔵の金を盗んで逃げているかららしいが、ひょっとするとお吟が下手人を知っているからかもしれん」

「なんだか難しいことになっていますね」

音松は腕を組む。

「音松、動けるか」

「もちろんです。長谷部の旦那はあっしをまだ疑っているんです。下手人を見つけなきゃあの人は納得しないでしょうし、あっしだって踏ん切りがつきませんからね」

「それじゃ、おまえは桜井鉄之助様とお菊を探ってくれ。だが、気をつけろ。桜井殿には腕の立つ侍が少なくとも二人はいる」

「わかりました。その辺のとこはうまくやりますよ」

六

「気をつけて行ってらっしゃいませ」

切り火を打ってくれた千草は、少しかたい表情で伝次郎を送り出した。

長屋を出た伝次郎は朝靄に包まれた町をゆっくり歩いた。か弱い朝日が町屋の戸障子にあたっていた。あちこちからのどかな鶯の声が聞こえてくる。

通りには仕事に出かける職人や商家の奉公人、あるいは行商人の姿が見られた。

自分の舟に乗り込んだ伝次郎は、手にしていた刀を舟に拵《こしら》えてある隠し戸にしまって棹をつかんだ。ハッと短く息を吐く。

今日は着流しではなく、股引に腹掛け半纏といういつもの船頭のなりだった。菅笠を被り、紐を結ぶと一度河岸道を見て、舟を出した。

行き先は石切河岸である。今日こそは粂蔵の手下に会わなければならない。朝吉、文五郎、弥之助という男たちだ。三人の居場所はわからないから、これから直吉の家に行って締めあげてでも教えてもらわなければならない。

大川に出ると櫓を使って神田川を目指す。いつもと変わらず水量豊かな川は、水嵩《みずかさ》が低くなっていた。引き潮だからである。上流から帆を下ろした高瀬舟が勢いをつけて下ってくる。その舟には俵物《たわらもの》が満載されていた。

自分が目指す神田川から客を乗せた猪牙舟が出てきた。江戸の町は夜が明ければ、人が動き出す。それと同じように舟も動く。

大橋をくぐり抜けて神田川に入ると、柳橋の下を抜け、浅草橋の先で舟をつけた。そこが石切河岸である。舟を舫おうとしたとき声がかかった。

「船頭さん、頼まれてくれ」

声をかけてきたのは行商人に見えたが、荷物の類いは持っていなかった。

「申しわけありませんが、他の舟をあたってください。先約があるんです」

「そんなこといわずにちょいと頼むよ。どうしても行かなきゃならないところがあるんだ」

伝次郎は困ったなという顔で、同じ河岸場を眺めた。先のほうに猪牙舟が数艘あった。

「乗せたいのは山々ですが、勘弁してください。その先にも舟がありますからそっちに頼んでください」

伝次郎が丁重に断る先から、客はそばにやってきて、

「あっちのには、飯でも食いにいっているのか船頭がいないんだ。いいじゃないか」

と、いいながら乗り込んでくる。

船頭としてむげに断れなくなった伝次郎は、困り顔をしながらも、行き先を訊ねた。遠くなら断るつもりだったが、客は二ツ目のちょい先だという。

二ツ目とは竪川に架かる二ツ目之橋《ふたつめのはし》あたりの町屋をさす。さほど遠くはないから、送って戻ってきても大差ないだろうと思い、伝次郎は客を送ることにした。

「先約があるっていうのに、悪いね」

客は悪びれた様子もなく、そんなことをいって伝次郎に背を向けて腰をおろした。

伝次郎は後戻りする恰好だがしかたがない。乗り込んできた客は舟に収まると、なにもしゃべらずに舟の進む先を眺めていた。

「二ツ目のどのあたりです？」

伝次郎は竪川に入って聞いた。

「ちょい先だよ」

「そのどの辺ですか？」

「近くなったらいうよ」

ずいぶん突っ慳貪《つけんどん》なものいいだった。伝次郎は黙って棹を操った。

「二ツ目之橋はすぐそこですが、どの辺につけます？」

「もうちょいと先にやってくれ。他の用事をすましたいんだ。やってくれ」

「どこへです」

「だからまっすぐやってくれっていってるんだよ。いちいちうるさいこというんじゃないよ」

伝次郎は首をすくめた。声をかけてきたときとはずいぶん態度がちがう。

二ツ目之橋を過ぎたが、客は黙っていた。その間に三ツ目之橋をくぐり抜け、大横川と交叉する場所まで来た。

「まだ先ですか」

さすがの伝次郎も不機嫌になった。こっちは急いでいるんだ。近くだからというので乗せてきたが、どんどん遠くなっている。

「四ツ目之橋《よつめのはし》を過ぎた右に細い入堀があるだろう。そこに入ってくれるか。そこで降ろしてくれりゃいいよ。なんだか遠くなっちまって悪いねェ。その分、舟賃ははずんでやるから勘弁してくれ」

予定が狂ってしまったが、こうなったらさっさと客を降ろして引き返すしかない。伝次郎は、船頭のなりで家を出たのは失敗だったと後悔した。

四ツ目之橋を過ぎて、一町ほど行った右に細い入堀がある。川幅は五間あるかないかで、猪牙を回転させるのに往生しそうだ。両側の岸は火除地《ひよけち》で、雑草と藪になっている。

「悪いね。手を出してくれるか」

客はそういって懐に手を入れた。

伝次郎が足許に棹を置いて代金をもらおうとしたそのとき、客は巾着を出す代わりに匕首をさっと振ってきた。とっさに避《よ》けたが、客は棹をつかみ取るとそのまま川の中に放り、敏捷《びんしょう》に岸辺にあがった。同時に藪の中から数人の男たちが出てきて、投網《とあみ》を打ってきた。

まったくの油断だった。罠《わな》にはめられたと気づいたときには、伝次郎の体は網にからまっていた。

両腕で網をかきわけるだけでなく、両足を動かしてからまった網から抜けようとするが、うまくいかない。その間に男たちが、口々に「やっちまうんだ」とか「生かしておくんじゃねえ」などといいながら、舟に乗り込んできた。

それぞれの手には刀があった。網の目の隙間からそれを見た伝次郎は、このままでは撫で斬りにされるだけだと恐怖した。

窮地を脱出するためにどうすればいいか、忙しく頭をはたらかせた。思いついたのは舟を揺らすことだった。伝次郎は網をかきわけるのをやめ、片側の舷側をつかむと大きく舟を揺らしはじめた。

斬りかかってこようとしていた男がよろけて、舟底に両手をつけば、もうひとりは舟の艫《とも》にしがみついた。岸に立つ男たちが、なにやってやがると怒鳴る。

舟に乗り込んできた男たちは、ゆっさゆっさと揺れる舟からふり落とされないように必死だ。伝次郎は舟を揺らしながら艫にある隠し戸に手をのばした。そこに刀をしまってある。

舟に這いつくばっていた男が、上体をあげて刀を振ってきた。伝次郎は体をねじってかわした。斬り込んできた男は、水に落ちまいと舷側にしがみついて、もう一度体勢を整えようとしている。

その男の斬り込みは伝次郎に幸いした。目標を逸れた刀が網を切ったのだ。そのことで五寸（約一五センチ）ほどの隙間ができた。伝次郎はその隙間を両手で広げた。頭が出た。ついで隠し戸に手をのばして、刀をつかんだ。

「野郎ッ！」

揺れる舟に体をよろけさせながら、男が大上段から撃ち込んできた。その瞬間、

伝次郎はつかんだ刀を鞘走らせた。刀は相手の斬撃を撥ね返しただけだったが、

「うわッ！」

と、男は体の均衡をなくして、川の中に落ちた。舟に乗り込んできたあとの二人がそれを見て驚いた。いまだ舟は左右に揺れている。船上での戦いなら伝次郎に分《ぶ》がある。

「刀を隠してやがった」

ひとりが叫べば、岸上から早く始末しろと檄《げき》が飛ぶ。

船上の二人は覚束《おぼつか》ない足取りで、近づいてくる。伝次郎は網から抜けるために、忙しく刀を動かした。川に落ちた男が溺れまいと、両手両足をばたつかせていた。

伝次郎はからまった網をのけた。これで両腕が自由に使えるようになった。

「きさまら、誰の手のものだ！」

舷側を左手でつかみ、右手で持った刀の剣尖を近づけようとしている男に向けた。

相手は不安定な舟の上で目を見開き驚愕し、後ろに下がった。その背後にいる男も怯《ひる》んだ様子で早くも岸にあがろうとしている。

「なにやってやがる！」

岸辺から叱咤《しった》するのはさっきの客だった。

伝次郎は目の前の男に斬り込んでいった。だが揺れる舟の上、斬撃は男の顔面をかすめただけだった。

「ひゃあ！」

かろうじて難を逃れた男は、岸に飛びつくとそのまま陸に這い上がった。それを見たもうひとりも、舟梁《ふなばり》を蹴って陸にあがった。

伝次郎は水に落ちた男が舟にしがみついて這い上がろうとしたので、顔面を蹴った。

「ぎゃあ」

男は鼻血を吹き出しながら仰向けになり、水に一度沈み、そして浮きあがった。

「野郎ッ、来やがれッ！」

岸辺に立つ男のひとりが喚いた。いわれるまでもなく伝次郎は、とんと舟梁を蹴ると陸にあがった。即座に撃ち込んできた男の腹に柄頭をぶち込んで、脇から斬りかかってきた男の刀を撥ね返して青眼に構えた。

男たちは五人。全員刀を構えているが、伝次郎の気迫に気圧《けお》され、後じさりしている。

「誰に頼まれた？」

伝次郎は問いかけながら間合いを詰めた。男たちは詰められた分下がったが、ひとりが背を向けて駆け去ると、他の連中もそれを見て、

「退《ひ》け、退くんだ」

といって、まるで蜘蛛《くも》の子を散らすように逃げていった。

伝次郎が刀を下げて川に目を向けると、水に落ちた男が反対岸に這い上がって逃げるところだった。

七

伝次郎が再び石切河岸に猪牙をつけたのは、得体の知れぬ賊に襲われてから小半刻後のことだ。すでに日は高く昇り、江戸の町にはいつものように活気が見られた。

伝次郎は刀を携えた船頭のなりで菅笠を被り、粂蔵の家に行ったが、昨日と同じで誰もいなかった。留守を預かるものもいない。そのまま甚内橋の店に行ったが、

そこも閉まっていた。

伝次郎は立ち止まってあたりに目を凝らした。長谷部の小者・勘助が見張っていると思ったからだ。見張っていれば、接触があるはずだ。

だが、甚内橋をわたっても近づいてくるものはいなかった。

直吉の長屋を訪ねたが、やはり留守である。隣家のものに聞くと、昨日から姿を見ないという。

(どういうことだ……)

伝次郎は長屋の表に戻って、あたりに視線を向けた。さっき自分を襲ってきたのは、条蔵の仲間なのか。知った顔はなかった。もっとも条蔵は自分の知らないうちに、仲間を増やしているかもしれない。

もし、連中が条蔵の手下なら、なぜ自分を襲う必要がある?

答えはひとつ。信三郎殺しの下手人探しを嫌うからだ。それは仲間を庇うためだと考えられる。

(そうなのか……)

疑問を抱きながら浅草猿屋町を抜けようとしたときだった。

目の前に長谷部玄蔵が、二人の小者を従えてあらわれた。行く手を塞ぐように道の真ん中に立っていたが、こっちへ来いと顎をしゃくった。

伝次郎は黙ってついていった。行ったのは天王橋《てんのうばし》そばの茶屋だった。

「なにかわかったか？」

長谷部は床几に座るなり、隣に腰をおろした伝次郎に顔を向けてきた。

「……お吟を長屋に連れ込んだ信三郎を、袋叩きにした三人の男がいます」

「知ってる。そいつらがどうした？」

「探していますが、会えずじまいです」

「朝吉、文五郎、弥之助という男たちだな」

長谷部はちゃんと調べているのだ。「それで」と先を促す。

「三人がどこにいるかわかりませんが、条蔵の手下らはお吟を探しています。なんでも条蔵の金を盗んだからということですが、ひょっとするとお吟が下手人を知ってるからかもしれません」

長谷部はふっと口の端に笑みを浮かべ、小さく首を振って伝次郎に視線を戻した。

「おまえはやっぱり、同心の垢が落ちていねえな。いい目の付け所をしてやがる」

「長谷部さん、もしやその三人に会ったんですか」

伝次郎はまじまじと長谷部を見た。

「会っちゃいない。いや、会えないんだ。どういうことかわからないが……。粂蔵をしょっ引くつもりだったが、やつも居所がわからなくなっている」

長谷部は困ったものだと付け足して、茶に口をつけた。

「桜井鉄之助様には会われましたか……」

伝次郎の問いに、長谷部が顔を向けてきた。

「会ったが、肝心な話ははぐらかされた。お菊との関係も曖昧《あいまい》にされちまった。だからといって、桜井様が下手人だという証拠はない。お菊をひそかに調べちゃいるが、尻尾はつかめないままだ」

伝次郎は自分が襲われたことを話そうかどうしようか迷った。迷った末に口にしたのは、音松のことだった。

「音松をまだ疑《うたぐ》ってらっしゃるんで……」

「やつを信じてやりたいのは山々だ。だが、音松にも疑いは残っている。やつは自分の店の近所で、信三郎がしつこくてまいっている、あんな壁蝨《だに》はどうにかして町から追い出さなきゃならない、死んでもらったほうが町のためだみたいなことをいってる。俺はそういう話を聞いているんだ。つまりやつには殺意があった」

「ですが、信三郎を殺して逃げた男がいます。豆腐屋の娘も音松がいう男を見ているんです」

「だからといって、音松がやっていないとはいい切れねえだろう。たまたま同じような恰好をしていた男かもしれんのだ」

伝次郎は黙り込むしかない。音松の疑いを晴らすためには、やはり真の下手人を探すしかないのだ。黙っていると長谷部が口を開いた。

「伝次郎、おれは勝負だといった。どっちが勝とうが負けようが、それについておれはとやかくいわぬ。音松を罪人にしたくなかったら、証拠をあげろ」

「そのつもりです」

「おまえみたいな男を使わぬ手はないからな」

長谷部はふっと笑みを浮かべると、そのまま立ちあがって小者に顎をしゃくり歩き去った。

（つまり、おれをうまく使おうって魂胆《こんたん》か……）

胸中でつぶやく伝次郎は、それならそれで構わないと思った。

それにしても条蔵らを探す手立てがない。どうしようかと短く思案したが、やることはほぼ決まっていた。

伝次郎はお吟を捕り逃がした、条蔵の手下らの話を盗み聞きしている。そのときお吟といっしょにいた男がいた。連中が若旦那と呼んでいた男だ。

本石町の奈良屋の若旦那。名前は知らないが、顔はわかっている。

呉服問屋・奈良屋は石町《こくちょう》時の鐘のそばにあり、本町通りに面した大店だった。間口は十間はあるだろうか。店に入って帳場に座っていた番頭に若旦那に会いたいというと、訝《いぶか》しげな顔をしながら伝次郎のことを訊ねてきた。

「若旦那の知りあいだ。お吟のことで相談がある」

「お吟さん……」

番頭は首をかしげながら店の奥に行った。そして、すぐに若旦那が青白い顔でやってきた。伝次郎のなりを見て、警戒の色もあらわに、どんなご用でしょうかという。

伝次郎が二人だけで話したいというと、若旦那は短く躊躇《ためら》ったあとで、こちらへといって小座敷に通してくれた。

「お吟さんのどんなことでしょう」

向かいあって座るなり、若旦那は口を開いたが、おどおどしている。

「お吟がどこへ逃げたか知らないか？　お吟は鳥越の粂蔵一家に追われているが
……」

「なぜ、追われてるんです？」

若旦那は問い返してきた。

「粂蔵の金を盗んだかららしいが、ほんとうのところはわからない。だが、お吟は殺しに関わっているかもしれない」

「ヘッ、お吟さんが殺しに……」

若旦那は心底驚いたように目をまるくした。

「殺されたのは笠井信三郎という浪人だった。お吟はその下手人を知っているかもしれない。若旦那はお吟といい仲だったんだろう。なにか聞いていないか？」

「あ、あの、その前にあなたは……」

「北町の長谷部玄蔵という町方の手先だ。伝次郎という」

そういっても支障はないはずだ。

「ヘッ、そうなのですか。でもわたしは……」

「お吟になにか相談を受けていないか？」

伝次郎は若旦那を凝視する。

「家がないので、どこかに家を借りてくれといわれていました」

「それで借りてやったのか？」

いいえと、若旦那は首を振ってつづけた。

「そのつもりだったんですが、怖いやくざがやってきて、そのまま行方知れずですから」

「やつらが乗り込む前に、お吟は殺しがあったことを口にしなかったか。もしくはどこかに行きたいとか、どこに住みたいとか、そんなことは聞いていないか？」

若旦那は視線を動かして少し考えた。

「変なことをわたしにいいました」

伝次郎は眉を動かして、どんなことだと聞いた。

「へたをすると怖いやくざに殺されるかもしれないと。なぜ、そんなことになるんだと聞きますと、人にいってはいけないことを知ってしまったからだといいました。

わたしが教えてくれといっても、そんなことをいえば、わたしも殺されるからいえないといいました」

「他には……」

「遠くに逃げたいけど江戸を離れたくはない、だからわたしに家を借りてくれ、わたしが望むことならなんでもするというので、そうしてやると答えたんです。でも、わたしが誰か他に頼める人はいないのかといいますと、わざと焼き餅を焼かせるためにいったんでしょうが、気っ風のいい三味線のお師匠さんがいるといいました。でも、その人には女房があるから、あまり無理な頼みはできないと」

「その三味線弾きのことは聞かなかったか？」

「もちろん気になるから聞きました。正太郎《しょうたろう》というお師匠さんで、油堀の正太郎といえばすぐにわかると……。なんでも一色町《いっしきちょう》に住んでいるとかでしたが、わたしの気を引くための出任せだったのかもしれません」

伝次郎は目を光らせた。

出任せでなかったなら、お吟は油堀の正太郎を頼っているかもしれない。そして、お吟は信三郎殺しの下手人を知っていると考えていいだろう。

「いや、邪魔をした」

伝次郎はすぐに腰をあげた。

第七章　煙草入れ

一

「もうお吟なんかどうでもいいじゃないですか」

そういった直吉を、粂蔵は鋭くにらんだ。直吉はとたんに顔をこわばらせ、言葉を足した。

「いえ、どうせあの女のことですから、そのうちひょっこりあらわれるかもしれないでしょう。そのときに金を取り返せばいいと思うんです」

「そんときゃ金なんか使って、ないに決まってんだろう」

がに股の成次が横から口を添える。直吉はそうかといって、ため息をついた。

「おれがほしいのは金じゃねえ」

条蔵は煙管をひと吸いすると、灰吹きに打ちつけた。

「端金《はしたがね》ほしさにおれが目の色変えてると思ってんのか」

「それじゃやっぱりお吟が忘れられないんで……」

バシッ。

条蔵は直吉がいい終わらないうちに、平手で張り倒した。

「てめえ、考えてものをいうんだ。今度軽口たたきやがったらぶっ殺してやる」

横向きに倒れた直吉は、小さくなって座りなおすと頭を下げた。

「まったくてめえらは……」

短く吐き捨てた条蔵は、そのまま立ちあがると窓辺に寄って、表を眺めた。梅の香りが鼻先をかすめ、鶯の声がどこからともなく聞こえてきた。

真っ青な空にじっと動かない雲が浮かんでいる。条蔵は唇を嚙んで、遠くを眺めた。

そこは神田明神のそばにある一軒家だった。条蔵が開帳場に借りている家だ。元鳥越では旗本屋敷を借りて賭場を開いていたが、浅草を牛耳《ぎゅうじ》っている花房《はなぶさ》一家にいちゃもんをつけられたので、しかたなく家を借りていたのだ。だが、賭場は始終開けるものではない。お上の取締りの甘い時機を見計らわなければならないし、客集めにも時間がかかる。

しかし、いまは賭場のことなど頭にはなかった。なんとしてでもお吟を探さなければならない。放っておけばこの先どんなことになるかわからない。

（くそッ、あのアマ……）

腹の中で毒づく条蔵は、小さく舌打ちした。そのとき、家に入ってきた男がいた。条蔵と呼び捨てにして、座敷に上がり込んできた。

用心棒に雇っている原野伝右衛門《はらのでんえもん》という浪人だった。頬に一寸ほどの古傷がある。その傷だけで大概のものは恐れをなす。そのじつ剣の腕もかなりで、何人闇に葬っているかわからない怖い男だった。

「どこへ行ってたんです」

条蔵は原野と向かいあって座った。

「暇つぶしだ」

「で、どうしました？」

聞かれた原野は視線をそらした。

「……しくじった」

粂蔵は片目を細めた。

「だが、つぎはやる」

「頼みますよ」

原野がうむとうなずいたとき、八五郎《はちごろう》という三下がやってきた。原野を見ると、恐れをなしたように「あ、こりゃどうも」と卑屈《ひくつ》に頭を下げた。

「なにかあったか？」

粂蔵は八五郎に聞いた。

「へえ、町方がうるさいんです。朝吉さんらを探しているんです」

「それでなんといった？」

「知らないといいました。ここ三日ばかり見ていないと。家を聞かれたんですが、それもあっしは知りませんので、知らないといいまして……」

「まさか、この家を教えたんじゃねえだろうな」

八五郎は顔の前で手を振ってつづけた。

「そんなことは決して口にゃしてません。で、朝吉さんだけじゃなく、文五郎さんと弥之助さんのことも聞かれました」

「で……」

「どこにいるかわからないじゃないですか。それにここしばらく顔を見てませんから」

条蔵はふっと、短く息を吐いた。町方も信三郎に殴り込みをかけた三人を探しているのだ。沢村伝次郎といい町方といい、同じことをしやがる。

「お吟さんのことも聞かれましたが、あっしにはわかりませんからねえ」

「そりゃいつのことだ？」

「ついさっきです。店に戻ったら、どこからともなくやってきましてね。おそらく見張っていたんでしょう」

甚内橋の薪炭屋は八五郎にまかせているが、お吟のことがあるので、しばらく店を閉めさせている。

「ご苦労なことだ」

条蔵はつぶやくようにいって、煙管をつかんだ。心は穏やかではなかった。

「兄貴ッ！」

新たに家に飛び込んできたものがいた。粂蔵がそっちに目を向けると、汗を噴きだしながら金次《きんじ》という手下がそばに来て、肩で息をしながら上がり框に手をついた。

「どうした？」

「へえ、お吟はひょっとすると深川にいるかもしれません。似た女を見たって野郎がいるんです。そうじゃねえかって……」

「そりゃいつのことだ？」

「見たのは昨日だといいます。なんでも富岡八幡のそばだったらしいんですが、お吟によく似ていたらしいんで……」

「深川……」

粂蔵は宙の一点をにらむように短く考えた。

「よし、みんなを集めて深川に行くんだ。なにがなんでもお吟を見つけろ」

「へえ」

金次が飛び出して行くと、粂蔵は直吉と成次を見てこれから深川に行くといった。

「おれはどうすりゃいい？」

原野伝右衛門だった。

「いっしょにお吟を探してくれませんか」

「ま、いいだろう。どうせ他にやるこたァねえんだ」

原野はそういって差料をつかんだ。

二

伝次郎が音松に声をかけられたのは、油堀口に架かる下之橋そばに舟をつけたときだった。

「旦那、いいとこで会いました」

音松は舟を舫った伝次郎に手を貸して、河岸道に引きあげた。

「お菊のことはどうした？」

「それがどうにも妙な話なんです」

「妙とは？」

伝次郎は眉宇をひそめた。

「お菊と桜井の殿様はなんでも四、五年の付き合いらしいんですが、伊勢屋とお菊の仲立ちをしたのが殿様だっていうんです」

「なに桜井様が……」

「さいです。源右衛門はひどい消渇《しょうかち》にかかってるらしいんです」

消渇とは現代でいう糖尿病である。音松はつづける。

「それであっちのほうは役立たずなんですが、世間体があるからお菊を後添《のちぞ》いにもらったという話なんです」

「世間体でお菊を……」

「へえ、伊勢屋は大店です。そんな店の主が独り身だと他の問屋仲間に顔が立たないようなんで、お菊をもらったのですが、その裏には桜井の殿様とお菊の仲を切らないという約束事があるようなんです」

「約束事……」

「そうです。桜井の殿様には妻と子があります。まあ、無役じゃなけりゃそれなりの実入りもあるんでしょうが、いまはそうじゃない。それに殿様の奥様は相当の焼き餅焼きらしく、妾を囲うことを殿様に禁じてらっしゃる。そんなことだからお菊との仲を許すわけがない。しかし、殿様はお菊にぞっこんなんです」

「なんだかよくわからんな」

「あっしも話を聞いたときは要領をえなかったんですが、わかりやすくいいますと、お菊は伊勢屋の後添いとしていい女房を演じながら、桜井の殿様との仲をつづけているってことです。それも殿様が望んでいることなんです。お菊は両国の梅松っていう料理屋の女中をやっていました」

「そうだ」

「そのまま店に置いておけば、他の男がいつつばをつけるかわからない。それじゃ殿様は安心できない。かといって奥様の目があるので囲うことはできない。それなら安心できる男に嫁がせておけばいい。それが伊勢屋だったんです。伊勢屋の主は、殿様とお菊が密会しているのを知っていながら、知らぬふりをしているんです」

「ほんとうにそうなのか？　それならお菊にひとり住まいをさせておいて、殿様がその家に通えばすむことではないか」

いえいえ、それがちがうんです、と音松は手を振りながらつづける。

「お菊は評判の女中でした。そして、お菊には浮気性なところがある。それで、殿様は自分だけの女にしておくために手を打った。それが伊勢屋の後添いにすることだったというわけです。まあ、お菊に飽きたら、そのまま伊勢屋に落ち着かせておけばすむことですから、体のいい考えなんでしょう」

「たとえそうだとしても、よく伊勢屋がそんなことを……」

伝次郎はあきれ顔で疑問を口にする。

「伊勢屋の主は商売人です。殿様の口利きで商売を繁盛させています。それに殿様が新しいお役目につかれたら、また商売を大きくすることができる。そんな考えもあるようです」

「なるほど、それであの侍は、すべては納得ずみだといったのか……」

伝次郎は稲荷堀で襲ってきた二人の侍の顔を脳裏に浮かべた。

「それにしてもよくそんなことを調べられたな。いったい誰に聞いたんだ」

昔から音松の内偵には感心していたが、今回の調べには少なからず驚いていた。

「伊勢屋の番頭です。あの番頭に借金があるのがわかったんで、ちょいと鼻薬を利かせたんです」

「いくらやったんだ」

「へえ、そりゃあ内証《ないしょ》です。ですが、あっしも必死です。なにせ殺しの疑いをかけられたままなんです。嗅に泣きついての工面《くめん》です」

音松は照れ臭そうに笑った。

「おれに相談すりゃよかったんだ」

「滅相《めっそう》もありません。あっしのために旦那は危ない目にあってんです。これ以上ご迷惑はかけられません」

「それで店に戻るところだったのか？」

「いえ、豆腐屋の娘からもう一度話を聞こうと思って歩いていたら、偶然旦那を見つけたんです。で、旦那は？」

「お吟が頼っているかもしれない男がわかったんだ。油堀の正太郎という三味線の師匠なんだが、知らねえか？」

音松はさあと首を捻ったあとで、

「油堀の三味線弾きならすぐにわかるはずです。で、豆腐屋の娘はどうします。旦那も付き合いますか」

と、まあるい顔を向けてくる。

「そうしよう」

二人はそのまま豆腐屋にまわった。

豆腐屋の娘はお道《みち》という名で、無花果《いちじく》のような頰をしていた。まだ十四だというからあどけなさが残っていた。

「もう一度音松さんが来たらいおうと思っていたことがあるんです」

お道は音松の顔を見るなりそんなことをいった。

「なんだい？」

「ちょっと待ってください」

お道は急いで店の奥に走って行き、すぐに戻ってきた。

「多分あのときだと思うんですが、これが落ちていたんです」

お道が差し出したのは煙草入れだった。お道はそのときのことを話した。

おからを丼に盛ったお道は、近所の家に届けるために店を出たが、そのとたん急いで歩いてきた男にぶつかり、膝から転げて丼を落とした。

「あっ……」

お道は小さな声を漏らして、地面に散らばったおからをかき集めながら駆けるように去る男を見送った。

（なによ、謝りもしないで、ひどい人……）

内心で悪態をついておからを集めて店に戻ると、新しいおからを別の丼に入れて届けて帰ってきた。そのとき、父親がこりゃあさっきの人が落としたんじゃねえか、といって煙草入れを見せた。

「そんなもんどうでもいいわよ。人にぶつかって謝りもしない人だったんだから」

お道はふくれっ面でいうと、母親の仕事の手伝いにかかった。


「音松さんと町方の人が来たときも、その煙草入れのことは忘れていたんです」

お道は大まかなことを話してからつづけた。

「でも、ひょっとするとぶつかった人が落としたんじゃないかと思うんです。わたし、あのとき片手が丼から離れて、もう片方の手で男の人の帯のあたりをつかもうとしたから、その拍子に煙草入れを引っ掻くようにして落としたのかもしれません」

「ちょっと見せてくれ」

伝次郎はお道から煙草入れを受け取ってあらためた。なんの変哲もない煙草入れだが、中には高直《こうじき》そうな銀煙管が入っていた。龍の絵が煙管の柄から雁首に向かって彫り込まれていた。

「たしかにぶつかった男が落としたのか……」

伝次郎は煙管からお道に目を向けて聞いた。

「わたしが届け物をしている間に、おとっつぁんが店の前に散らかっているおからを掃きに出たときに見つけたんです。その前にはそんなもん落ちていなかったはずですから、きっとそうだと思うんですけど……でも、他の人のかもしれませんね」

お道は自信なさそうな笑みを浮かべた。

「これを探しに来たものはいないんだな」

「ええ」

「預からせてもらっていいか」

「へえ、どうぞ。役に立つかどうかわかりませんけど……」

伝次郎はそのまま煙草入れを懐にしまった。

三

三味線の師匠、正太郎の家はすぐにわかった。油堀に架かる富岡《とみおか》橋の近く、深川一色町にあった。木戸門を入ると、短い飛び石が戸口までつづいていて、手入れの行き届いた庭の梅が見事に開花していた。

奥のほうから三味線の音が聞こえていたが、訪ないの声をかけると、その音がやみ、式台《しきだい》に四十がらみの男があらわれた。色白の細面である。

伝次郎が町方の手先仕事でお吟を探している、もしやここに来なかっただろうかと訊ねると、

「お吟でしたら昨日来ました」

という。

「昨日……。それでいまはどこに？」

「飯炊きでもなんでもやるので、しばらくここに居候させてくれといいますが、そういうわけにはまいりません。なにがあったのだと聞けば、人にいえないことだと

申します。ただやくざに思いちがいをされていて、へたすると殺されるかもしれない、ほとぼりが冷めるまで匿ってくれと、必死の形相でいいます。詳しいことを聞かせてくれといっても、いまはいえない、いえばわたしにも迷惑をかけることになるといいます」

なんだか、まだるっこしい話し方をする男である。聞いている伝次郎はじれて、

「それでお吟はどうしているのだ？」

と、正太郎の話を遮った。

「金がないといいますので貸してやりまして、八幡様の前にある旅籠に口を利いてやりました」

「なんという宿だ？」

「川口屋《かわぐち》です」

伝次郎は音松と目を合わせると、正太郎への礼もそこそこに表に出た。

「旦那、川口屋でしたら知っています。蓬莱《ほうらい》橋際の安宿です」

「案内しろ」

二人は油堀沿いの河岸道を急いだ。

と、黒江《くろえ》橋をわたったところで、伝次郎は足を止めた。前から河岸道沿いに並ぶ店を、窺いながらやってくる男がいた。

「どうしたんです？」

音松が顔を向けて聞く。

「直吉という粂蔵の手下だ。やつらもお吟が深川に逃げたことを、嗅ぎつけたのかもしれん。やつを締めあげる」

直吉は伝次郎と音松には気づいていない。一軒の店の暖簾を撥ねあげ、なにやら声をかけている。伝次郎はその直吉に近づくと、ぽんと肩をたたいた。

さっと振り返った直吉は、ハッと目をみはった。

「なにしてるんだ？」

「なんでもねえさ。おめえには関わりのねえこった」

「そうかい、ちょいと話がある。ついてきな」

伝次郎は顎をしゃくったが、直吉はいやがった。その背後に音松がついたので、

「なんの話だ？」

と、ふて腐れ顔でいう。

「手間はかけねえ。すぐすむことだ」

伝次郎は半ば強引に、近くの空き地に直吉を連れ込んだ。

「なんでこんなところで……」

直吉は不安の色を浮かべて、まわりを見る。そこは加賀《かが》藩前田《まえだ》家の抱《かかえ》屋敷裏で、小さな火除地になっていた。隅に丈の低い木々が密生し、古い材木や板切れが転がっていた。

「もしや、お吟を探しに深川に来ているんじゃないだろうな」

「ふん、そんなのおれの勝手だろう。深川に来ちゃいけねえって法はねえはずだ」

直吉は強気なことをいう。

「そうだな。それで聞くが、これを知らねえか？」

伝次郎はお道から預かった煙草入れを懐から出した。直吉の表情は変わらない。だが、中から銀煙管を取り出すと、眉が大きく動いた。

「こりゃ……」

「こりゃあ、なんだ？」

「そりゃあ、兄貴のじゃねえか。てめえ盗みやがったな」

直吉はそういって銀煙管を奪い取ろうとしたが、伝次郎はわたさなかった。

「これはおれの預かりもんだ。それより、信三郎に殴り込みをかけた三人の男がいるだろう。どこにいる？」

「知らねえよ」

「信三郎はその三人に仕返しをしたはずだ。そのことは聞いていないか？」

伝次郎は直吉を凝視する。

「まあ、そんな話を聞いたよ。弥之助は腕を斬られたらしい」

「それでどこにいる？」

「だから知らねえといってんだろう！　しつけえよ」

伝次郎はいきなり直吉の腕をつかんだ。なにしやがんだと、直吉は振りほどこうとするが、そのまま関節をキメてやった。とたん直吉の顔がゆがむ。

「なぜ、三人の居所を知らない？　おまえは仲間なんだから知っているはずだ。いえ、いわなきゃ、この腕を折る」

伝次郎は直吉の腕を強くねじった。もう少し力を入れれば関節が外れる。直吉の顔が苦痛にゆがみ、片膝を折って地面についた。

「し、知らねえんだ。ほんとうだ。だけど、兄貴の指図でどっかにいるのはたしかだ。いてて、放してくれ。折れるじゃねえか……」

「粂蔵の指図でどこにいるっていうんだ」

「わからねえ。信三郎に斬られた弥之助は兄貴の弟だ。面倒に巻き込ませたくねえからか、朝吉と文五郎が弥之助の介抱をしてるのかもしれねえ。痛ェよ。おれが知ってるのはそれだけだ」

「面倒ってどういうことだ？」

「町方やおめえが、信三郎のことでしつこく調べてるじゃねえか。いったいなにをしたってェんだよ」

「なぜ、おまえは深川にいる。他のやつらもこっちに来てるのか？　どうだ……」

「いて、いてて……ああ、そうだよ」

「お吟探しだな」

「ああ……」

直吉はやっと認めた。その瞬間、伝次郎は直吉の腕の関節を外し、直吉が悲鳴を漏らす前に後頭部を強くたたいた。直吉はそのまま気絶して、地面に倒れた。

「しばらくこいつは動けない。それに気を取り戻しても、腕はすぐ元には戻らない。音松、そこの茂みに隠しておけ」

音松は倒れている直吉を引きずって、密生している木々の背後に寝かせた。

「音松、これで信三郎殺しは粂蔵と見てまちがいないだろう。この煙草入れがあるし、信三郎に腕を斬られたのは、弥之助という、やつの弟だ。粂蔵は弟の仕返しをするために信三郎を殺した」

「そのことをお吟が知っているってことですね」

「おそらく……」

「すると、お吟を早く見つけなきゃなりません。やつらに連れて行かれたら証人をなくすことになります」

「川口屋だ。急ごう」

四

表通りに戻った伝次郎と音松は、足を急がせた。

「旦那、お吟の口を封じられたらことです」

息をはずませながら音松がいう。

「そうだ。煙草入れだけでは条蔵の仕業だと決めつけることはできない」

「なんとしてもお吟を……」

大事な証人であるお吟を見つけなければ、音松は濡れ衣を着せられることになる。それゆえに音松は必死の形相になっている。その音松が、「あッ」と低い声を漏らして立ち止まったのはそれからすぐのことだった。

「どうした？」

「お吟です」

伝次郎はさっと音松の視線の先に顔を向けた。

永代寺門前仲町《なかちょう》と永代寺門前山本町《やまもとちょう》に架かる猪口橋《いのくち》をわたってくる女がいたのだ。裾に花模様を散らした小袖に、萌葱《もえぎ》色の羽織姿。髷に簪《かんざし》を数本挿《さ》した粋ななりだ。手にさげている巾着をぶらぶら揺らしながら歩いてくる。

「たしか……」

伝次郎はお吟の顔を知らない。

「まちがいありません」

音松はそういうなり歩き出した。橋をわたりきったところでお吟が、二人に気づき怪訝な顔をした。

「お吟だな」

音松が声をかけると、お吟は顔をこわばらせ、目に警戒の色をあらわにした。音松と伝次郎を見て、忙《せわ》しくまわりに視線を走らせもする。

「信三郎のことで話がある。おまえは条蔵らに追われているはずだ。そうだな」

「な、なんだい、いったい」

「とぼけなくてもいい。おれたちについてくるんだ。そうしなきゃ条蔵らに捕まっちまうぜ」

「どういうことさ」

「おまえを追って条蔵らがこの辺を探しまわっている。捕まったら無事にはすまないはずだ。そうだろう」

「で、でもあんたたちは……」

お吟は戸惑いながらも警戒心を解いてはいない。

「お吟、おまえは信三郎殺しの下手人を知っているな」

伝次郎が前に出ていった。

「その証人になってもらわなきゃならねえ。おまえの身は守るから心配するな」

「あんたは……」

「町方の助《すけ》をしているものだ。さあ、いっしょに」

伝次郎は手を差しのべた。お吟の目が驚愕したように見開かれたのはそのときだった。

伝次郎が後ろを振り返ると、四、五人の男たちがやってくるところだった。

「おい、いたぜ！」

その声は反対方向から聞こえた。馬場通り方面からもやってくる男たちがいたのだ。さらに、猪口橋の向こうにも数人の男たちが姿をあらわした。

三人は挟み撃ちにされる恰好である。

伝次郎はチッと舌打ちをして、近づいてくる男たちを見た。

「音松、連中のことはおれがなんとかするので、お吟と逃げるんだ」

「で、でも、旦那ひとりで……」

「やるしかねえだろう。お吟、この男がおまえを守ってくれる。信じてついていくんだ」

そういったとき、近づいてくる男たちが伝次郎に気づいた。

「や、誰かと思ったら船頭だ。こんなとこにいやがったぜ」

伝次郎はその男を見た。今朝、自分を襲ってきた男のひとりだった。そのそばには客になって罠にはめた男もいた。

背後を振り返ると、そこにも見た顔がいくつかある。

「おい、お吟をわたせ。そうすりゃ見逃してやる」

いったのはがに股の成次だった。一度伝次郎にたたき伏せられた男だ。

「条蔵はどこだ？」

伝次郎が問うと、猪口橋の上に当の本人が立っていた。

「おれはここだ。沢村さん、おとなしく船頭仕事をしてりゃいいものを、まったく余計なことをする人だ」

不敵な笑みを浮かべていう条蔵のそばには、浪人がひとりいた。鋭い眼光でにらんでくる。

「条蔵、どうやらおまえも年貢《ねんぐ》を納めるときがきたようだな。もう逃げることはできねえぜ」

「なにをしゃらくせえことを。野郎ども、お吟を取り返すんだ！」

条蔵のひと声で、まわりにいた男どもが懐から匕首を取り出して閃かせた。中には持っていた刀を抜いたものもいる。

「音松、隙を見て逃げるんだ。いいな」

「どこへ行けばいいんです？」

「佐賀町の番屋だ」

伝次郎がそう答えたと同時に、近づいてきた二人の男が匕首で斬りかかってきた。

伝次郎は抜き様の一刀で、ひとりの手首を刎《は》ね斬り、もうひとりの鳩尾に柄頭をめり込ませた。

手首を斬り落とされた男は、悲鳴を発して地面を転げまわり、もうひとりは短くうめいて前のめりに倒れた。それを見た他の男たちが束になってかかってきた。

伝次郎はむやみやたらに匕首を振りまわしてくる男たちの攻撃をかわしながら、足払いをかけて倒し、後ろ襟をつかんで油堀に放り込み、さらに刀で斬りかかってくる男の一撃をすり落とすなり、柄頭で顎を打ち砕いた。

伝次郎は音松とお吟の退路を作るために、そっちにまわり前進を阻む男たちを威嚇し、かかってくる男たちの攻撃に応戦した。

突きを送り込んできた男の刀を左にかわして尻を蹴飛ばし、正面から匕首を構えて体あたりしてくる男の腕をつかみ取って振りまわすと、一方からかかってこようとしていた男に投げ飛ばした。

「音松、いまだ。行けッ」

おろおろしていた音松が、お吟の手を引いて駆けた。それを追おうとしていた男がいたので、伝次郎は後ろ襟をつかんで引き倒すと、思いきり股間を踏みつけた。あっという間に、あたりに男たちがうずくまったり倒れたりしていた。油堀から這い上がってきた男は、濡れ鼠になってハアハアと肩を喘《あえ》がせている。

「やれッ、やらねえか!」

粂蔵が苛立った声で手下を叱咤《しった》した。だが、伝次郎にかかっていこうとする男はいない。誰もが及び腰で、近づいていこうとするが、伝次郎がさっとそっちを向くと、逃げるように下がる。

「なにをしてやがるッ！　原野さん」

条蔵が焦りの声を発して、隣の浪人に声をかけた。

原野という浪人はそのまま橋をわたって、伝次郎の前に立った。

「おれが相手だ」

原野はそういうなり、さっと刀を抜いて、腰を落とした。右八相。

伝次郎が平青眼《ひらせいがん》の構えを取ると、原野は左八相に構えなおし、さらに上段から中段に刀を動かした。じりじりと間合いを詰めてきながら、後ろに雪駄を撥ね飛ばした。

「覚悟しな」

原野が短く言葉を発した。

伝次郎は静かに相手の隙を窺う。原野の片頬に油堀の照り返しがあたっている。爪先で地面を噛みながら間合い一間まで来たそのとき、伝次郎が先に撃ち込んでいった。

がちん。刃が短く噛み合い、二人の体が交叉して立ち位置が逆になった。

両者、中段に刀を据え、剣尖を互いの喉に向けた。伝次郎はすうっと息を吐き、肩の力を抜く。原野が右にまわりながら隙を窺う。頬に一寸ほど走っている古傷が、原野の顔を凶悪に見せている。気の弱い人間ならそれだけで恐れをなすだろうが、伝次郎には通用しない。

さわさわと吹き流れる春風が、伝次郎の河岸半纏の袖を揺らしたとき、原野が地を蹴って撃ち込んできた。左面を狙っての鋭い一撃だった。伝次郎は紙一重のところでかわすと、逆袈裟に刀を振りあげた。即座に原野が大上段から撃ち込んできた。伝次郎は体を捻って左に躱して、青眼の構えに戻った。

「きさまだったか……」

伝次郎は原野をにらみ据えた。山城河岸の舟着場で闇討ちをかけてきた男だとわかったからだ。

原野は口を真一文字に引き結んで、すすっと左に動いた。伝次郎は右下段に構え、相手の動きに合わせる。左胸をがら空きにさせているので、誘い込まれて撃ち込んでくるはずだ。伝次郎はそう読んだが、原野は誘いに乗る動きはせず、ゆっくり刀を振りかぶると、そのまま立ち止まって、電光石火の突きを送り込んできた。

伝次郎はその瞬間、後ろに飛び下がりながら送り込まれてきた刀を打ちたたき、着地するなり、胴を抜いた。

ドスッと鈍い音がした。肉をたたく音ではなかった。原野の帯を切ったのだ。だが、その衝撃はすさまじく、原野は腰を折って片膝をついた。刹那、伝次郎はその後ろ首に、刀の棟《むね》を返した一撃を見舞った。

「うぐッ……」

原野はたまらず前のめりに倒れ伏した。

まわりにいた男たちは息を呑んで呆然としていた。伝次郎はそんな連中には構わず、粂蔵を見た。ハッと我に返った顔をした粂蔵が慌てた。

「刀を貸せ」

そばにいた男の刀を受け取った粂蔵は、へっぴり腰で青眼の構えを取った。伝次郎は橋の上にいる粂蔵にゆっくり近づいた。

「てめえの悪事も今日まで。観念することだ」

伝次郎は間合い一間まで近づくと、粂蔵が斬り込んでくる前に動いていた。同時に粂蔵の刀は空を切り、体が前に泳いだ。

そのとき、伝次郎は粂蔵の背後にいて、さっと左腕を首にまわし、右手一本で持った刀をその首にぴたりとあてた。

粂蔵はハッと息を呑んでそのまま動けなくなった。

「野郎ども、邪魔をすれば粂蔵の首を斬り落とす。どけッ!」

伝次郎が粂蔵を歩かせると、男たちが左右にわかれて道を譲った。

「き、斬らねえでくれ。頼む」

粂蔵は顎をあげたまま泣き言を漏らした。

五

佐賀町の自身番には、連絡を受けた長谷部玄蔵が、粂蔵とお吟の前に座っていた。

粂蔵は後ろ手に縛られているが、お吟に縛《いまし》めはない。

粂蔵は信三郎殺しを否認しつづけた。煙草入れについても誰かに盗まれたのだということう。

土間に伝次郎と音松、そして長谷部の小者の亀五郎と勘助が三和土《たたき》に控えていた。

長谷部の訊問内容を書き取るのは、書役の安兵衛だ。

すでに日は大きく西にまわり込んでいて、腰高障子が黄色っぽくなっていた。

「条蔵、てめえも強情な野郎だな。なにもやってねえ、なにも知らねえ。この煙草入れも誰かに盗まれたとぬかす。だけどな、おめえはお吟を連れ戻すために、手下の三人を信三郎の長屋に送り込んだ。朝吉と文五郎、そしててめえの腹違いの弟・弥之助だ。そのことをおめえは伝次郎に話している」

長谷部がちらりと見てきたので、伝次郎は黙ってうなずいた。

「おれは連れてこいといったまでです。信三郎を袋叩きにしろなんて、いってませんよ」

「まあいいさ。だが、信三郎はそれでおとなしくはならなかった。仕返しに来た。そして、弥之助の腕を斬った。そうだな」

「だから、何度も知らねえといってんでしょう」

条蔵は苛立った顔で反撥する。

「嘘はいけねえな。おい条蔵、おれはその三人に会って来たんだ」

条蔵の顔がギョッとなった。

「三人は仲良く湯島の家にいたぜ。文五郎の家だ。そして、おめえは三人にしばらく千住《せんじゅ》に行っていろといったそうだな」

「…………」

粂蔵はむすっとしたままだ。

「そう指図したとき、おめえは弟の弥之助に、敵はおれが取ってやるといっている。そうだな」

「いったかどうか忘れましたよ。だけど、弟は二度と腕が使えねえほど斬られていたんだ。黙ってられねえでしょう。兄弟だったら誰でも、敵を取るぐらいのことをいうんじゃないですか」

「ま、いい」

長谷部は冷めた茶に口をつけてからお吟を見た。

「お吟、おまえはなにを見た？　なにを知っている？　正直にいえ。あとで嘘だとわかりゃあ、おめえも人殺しと同じ罪を被ることになる。それはつまり、死罪になるってことだ。刑を受けるまでは臭くて窮屈な牢屋敷に入っていなきゃならねえ。たまらねえぜ。うす汚《ぎたね》え女の囚人といっしょに、男も酒もない牢屋暮らしだ。正直にいえば、おまえは大手を振ってこの番屋から出ていって、うまい酒を飲める。

なにを知ってる……」

長谷部はじっとお吟を見る。そばに控えている伝次郎もお吟を注視した。

粂蔵がお吟を射殺すような目でにらむ。お吟は尻をもぞもぞ動かすと、一度ゴクッと生つばを呑み、膝の上の手をさすった。

「あんとき粂さんの家にいたんです。そして、粂さんが汗を噴きだし、息を切らして帰ってきたんです」

「いうんじゃやねえ。黙れッ！」

粂蔵が喚いた。長谷部はいいからつづけろと、お吟に先をうながす。

「わたしがどうしたんですと聞いたら、信三郎をぶっ殺してきた、いいざまだといって、着物を脱いでわたしてきたんです。血がついているからどこかに捨てろといわれました」

「このくそ女……」

粂蔵は歯嚙みをしてお吟をにらんだ。

「お吟、いまいったことにまちがいはないな。それで、その血のついた着物はどうした？」

「粂さんの家にありますよ」

伝次郎の横でふっと、音松が大きな安堵の吐息をついた。同時に、粂蔵が体を揺すって喚いた。

「この売女が！　裏切りやがって！　てめえ、てめえ……」

三和土にいた小者の亀五郎と勘助が、居間に飛びあがって体を揺すってお吟を威嚇する粂蔵を押さえた。

「お吟、またなにか訊ねることがあるかもしれねえが、今日はもう帰っていい」

「いいんですね、ほんとにいいんですね」

お吟は喜色《きしょく》を浮かべて立ちあがった。

長谷部は亀五郎と勘助に、

「これから粂蔵を大番屋に移す。しっかり縛れ」

といってから、音松に体を向けた。

「音松、そういうことだった。おめえには悪いことをした。許してくれるか」

「へえ、そ、そりゃあもう……」

長谷部に頭を下げられた音松は、目にいっぱい涙をためて声を詰まらせた。

条蔵が自身番の表に連れ出されたのは、それからすぐのことだった。

「さ、行くぜ」

長谷部は条蔵を縛った捕縄を持つ亀五郎と勘助をうながした。だが、すぐに伝次郎を振り返った。

「伝次郎、おれの負けだ」

そんなことはありません、と伝次郎は殊勝に言葉を返した。長谷部はそんな伝次郎を短く見つめてから背を向け、

「惜しい男を御番所は失っちまったもんだ」

と、捨て科白を吐いて去っていった。

条蔵をしょっ引く長谷部たちに夕日があたり、長い影を作っていた。

「旦那……」

伝次郎が遠ざかる長谷部たちを眺めていると、音松が小さな声をかけてきた。

「ありがとうございました。あ、あっしはくじけそうになっていたんです。あっしがやりましたと、喉から声が出そうになったことが……でも、旦那はおっしゃいましたよね、なにがあっても折れるんじゃねえぜって。苦しくなったとき、その言葉

を何度も思い返し、きっと旦那が助けてくれると信じていたんです。旦那、ありがとうございます」

音松は深々と頭を下げた。足許にぽたぽたと大粒の涙が落ちていた。

「音松、礼なんかいらねえさ。それよりお万が心配しているはずだ。帰って無実だったと、早く知らせなきゃならないんじゃないか」

「はッ、そうでした」

音松は涙まみれの顔をあげて、両目を腕でしごいた。伝次郎はそんな音松の肩をやさしくたたいてやった。

六

「どうした……」

伝次郎は千草の店を訪ねるなり、小上がりの縁に座ってうなだれているおりつを見て、千草に顔を向けた。

「色々と探しまわっているんですけど、見つかりそうで見つからないのです。おりつさん、あきらめて帰るといいだして……」

千草は慈悲のこもった目をおりつに向けて、隣に腰かけた。

「松本様が親切に手伝ってくださっているのよ。いまここであきらめるのはどうかと思うのだけれど……」

「いいえ、もう十分です。これ以上ご迷惑はかけられません。縁がなかったのだとあきらめて帰ります」

おりつはか細い声で答える。

「でも、お腹にはご主人との間にできた子どもがいるのよ」

「わたしひとりで育てます。もうそう決めましたから……。ほんとうになにからなにまでお世話になり、申しわけありません」

おりつは立ちあがって、千草と伝次郎に深々と頭を下げた。

「見つからないのか……」

伝次郎は土間席の明樽に腰をおろした。

「松本様がいろいろと骨を折ってくださって、やっと探せる手掛かりが見つかったんです。でも、行く先々で幾日前までいたけど、いまはどこにいるかわからないと、そんなすれちがいばかりなんです」

「それじゃご亭主が江戸にいるのはたしかなのだな」

「そうです」

「あの人とは、きっと縁がないのです」

おりつが口を挟んで唇を噛みしめる。顔は曇ったままだ。

「おりつさん、手掛かりがあるのなら、いまあきらめることはないだろう。もう少し探したらどうだ」

伝次郎は憐憫《れんびん》の目をおりつに向ける。

「わたしたちのことはなにも気にすることないから、見つかるまでていいのよ」

「そういうわけにはまいりません。やはり、帰ることにします。お力添えをいただき、やれることはやったはずです。明日、松本様にお目にかかったら、礼を申してそのまま国許に帰ることにします。これ以上日延べすれば、お腹の子にもさわると思いますから……」

おりつの決意は固いようだ。

「しかたないわねえ」

千草はあきらめ顔で立ちあがり、音松の一件はどうなっているのだと聞いた。

「それを伝えようと思っていたのだ。さっき、なにもかも片づいた。下手人が捕まったのだ。ようやく音松への疑いが晴れて安心したところだ」

「まあ、それはようございました」

「詳しいことはあとで話すとしても、それよりおりつさんのご亭主のことが気になるな」

「そうなのよ」

伝次郎と千草は黙っておりつを眺めた。

その夜、千草は三人の客を入れただけで、気持ちが落ち着かないからと早めに店を閉めた。自宅長屋に帰っても、千草はあと二、三日探して、それで見つからなかったらあきらめるかどうか考えればいいと、おりつを説得したが、

「ほんとうにもう結構ですから。もう十分です」

と、おりつは頑《かたく》なだった。

翌朝、おりつは少ない荷物をまとめ、旅支度にかかった。いまさら引き止めるわけにもいかず、伝次郎と千草は黙って見送ることにした。

「お頼みいたす」

それはおりつの旅支度がすっかり調ったときだった。戸口に松本徳太郎があらわれたのだ。伝次郎を見ると、これは、といって短く挨拶をするなり、

「おりつさん、甲兵衛の居場所がわかりました」

と、目を輝かせていった。

「ほんとうでございますか」

「ええ、今度はまちがいないでしょう。それもこの近くにいることがわかったのです」

おりつの夫・甲兵衛は、椋鳥《むくどり》たちといっしょに川浚《かわざら》えの仕事をしていることが判明していた。昨夜、松本は藩邸に帰ったあとで、甲兵衛を知っているものから、本所《ほんじょ》で川浚えの人足仕事についていることを聞いたのだった。

「ただ、そのものが申しますには、似ている男かもしれないので、行ってたしかめるしかないのですが、名を甲兵衛といっているそうですから……」

「それは本所のどこです？」

気ぜわしげに聞くのは千草だった。

「大横川の川浚えだといいます」

「では、本所長崎町《ながさきちよう》だ」

伝次郎は職業柄、最近、大横川で川普請が行われているのを自分の目で見ていた。

「あそこで、椋鳥たちといっしょに……」

千草がつぶやけば、これから行ってみようではないかと、伝次郎は応じた。みんなで取るものも取りあえず長屋を出た。

椋鳥とは、現代でいう季節労働者である。とくに雪国の信濃《しなの》、越後《えちご》、上野《こうずけ》あたりから冬場の農閑期に江戸にやってきて、力仕事や行商、あるいは商家の奉公人となって出稼ぎをするもののことをいった。

松本徳太郎の話した川浚えは、大横川に架かる長崎橋の北のほうで行われていた。すでに作業ははじまっており、役人の指図を受けた人足たちが、川からすくいあげた泥や石をもっこに入れて、大八車に積んだり、一ヵ所に集めていた。

誰もが上半身裸で裸足である。朝日を受ける肌には汗が光り、顔や腕は泥で汚れていた。

人足は二十人ほどいたが、おりつはその中に自分の夫を真っ先に見つけた。

「います」

おりつが目をみはっていえば、松本も「あやつ、こんなことを……」といって絶句した。千草がどの人だと訊ねると、おりつはいま川舟からもっこを受け取った男だといった。

伝次郎はその男を見た。無精ひげを生やし、月代《さかやき》を伸ばし放題にしているが、四肢の逞《たくま》しい男だった。しかし、その姿はすっかり人足らに溶け込んでいた。

甲兵衛は重そうなもっこを運んで、川岸に山のように積んである土盛りに捨てた。その土盛りをまた片づけている人足がいる。

おりつがふらふらと甲兵衛に近づいていった。汗まみれになっている甲兵衛はそんなことには気づかず、空のもっこを片手で持ち、首にかけた手ぬぐいで汗をぬぐった。

「あなた……」

声をかけられた甲兵衛が、おりつに顔を向けた。にわかに目をまるくして、口を大きく開けた。

「お、おまえ……」

「探しに来たのです」

おりつはいまにも泣きそうな顔になった。

「甲兵衛、ずいぶん探したぞ」

「あ、徳太郎……」

甲兵衛は松本を見てまた驚き顔をした。

「おまえは死罪を恐れて脱藩したようだが、なんの咎めも受けんのだ」

「なに……」

「目付の調べでおまえに非がないことがわかったのだ」

「まことか……」

甲兵衛は信じられないという顔で、松本とおりつを交互に見た。

「ほんとうなのです。あなたは脱藩したと思っておいででしょうが、それも咎められないということです」

おりつがいう。

「まさか……」

「まさかではない。ほんとうだ。おまえはここ数ヵ月扶持《ふち》をもらっておらぬだろう。

それは藩の内証が苦しいからだ。だから藩も厳しいことはいえぬのだ。しかも、内職を勧められている下士にはなおさらのことだ。おまえはなにも咎められぬ」

「ま、まことか……」

「嘘ではない」

「はあ、なんだ。そうだったのか」

甲兵衛は大きく嘆息すると、あらためておりつを見た。

「ひとりで江戸に来たのか？」

その問いには、松本が代わりに答えた。

「さようだ。それに、おりつさんの腹にはやや子がいる」

甲兵衛はまたもや驚き、そしてその顔に喜色を浮かべると、おりつの前に跪《ひざまず》いてまだふくらんでいない腹に手をあてた。

七

翌朝、すっかり身支度を調えたおりつと甲兵衛を見送るために、伝次郎と千草は永代橋のそばまでついていった。

「もう、ここで結構でございます」

甲兵衛が振り返っていった。

「なにからなにまでお世話いただき、このご恩は一生忘れません」

おりつが礼を述べた。

「松本様がいらっしゃれないのが残念ですね」

おりつは微笑ましく二人を眺める。

「しかたありません。あれは勤めがありますゆえ。それに、いずれ国許に帰ってきたときに会えます」

甲兵衛がそういえば、おりつがもうほんとうに見送りはここまでにしてくれといった。

「そうしてください。もう結構でございますから」

妻に応じていう甲兵衛は、月代と無精ひげをきれいに剃り、すっかり旅の武士らしくなっていた。

「では、ここでお別れですな。どうか道中お気をつけて。無事に帰られることを祈っております」

伝次郎が声をかけた。

「千草さん、伝次郎さん、ほんとうにありがとうございました。お二人に会えたことは幸いでした。おまけに餞別《せんべつ》までいただき、お礼のいいようがありません」

「まことです。ほんとうに恩に着ます。しかし、この礼はきっとお返ししますゆえ、此度《こたび》ばかりは甘えさせていただきます」

「いいえ、お気になさらずに。それより元気な赤ちゃんを産むことが大切です。その折にはきっとお手紙をくださいませ」

千草が微笑みを浮かべていう。

「もちろんお便りいたします。では、あなた」

おりつは甲兵衛を見ると、もう一度伝次郎と千草に頭を下げて背を向けた。

二人はゆっくり永代橋をわたりはじめた。大川は照り輝き、鳶がのどかな声を降らしていた。

と、しばらく行ったところでおりつが振り返った。

「千草さん、わたし、千草さんのような妻になります。千草さんがわたしの姉だったらよかったと何度も思いました。今度はお姉様と呼ばせてくださいませ」

「はい、どうぞ。妹」

千草は気さくに応じて白い歯をこぼした。

「お姉様、ほんとにほんとにありがとうございました。伝次郎さんもありがとうございました」

「お姉さんと呼んでくれて……」

千草は声を詰まらせて、ゆっくり片手をあげた。

「わたし、お姉さんと呼ばれて……だんだん、だんだんだんねえ……」

そう応じた千草の目から大粒の涙が頬をつたった。

「だんだん！」

おりつも言葉を返して、頭を下げた。

そして今度こそ、おりつと甲兵衛は橋をわたっていった。伝次郎と千草はその姿が消えるまで橋のたもとで見送っていた。

「よかったな」

伝次郎はそういって千草を見た。

ええ、と答える千草は、両目を手ぬぐいで押さえていた。

「帰ろう」

「はい」

二人は黙って歩いた。音松の店の前を素通りし、そのまま大川沿いの道を辿った。

「千草、店のことだが……」

伝次郎は万年橋をわたったところで口を開いた。

「店がなんでしょう」

「このままつづけるのか。おれはいつやめてもらっても構わぬが……」

「やめるつもりはありません」

「そういうと思っていた。しかし、店に通うのはともかく、帰りが心配だ」

「…………」

「いっそのこと引っ越そうか」

千草が顔を向けてきた。

「いや、店ではない。店には贔屓客もいる。そのことを考えるなら、家を引っ越せばいいだろう。店の近くに」

「ほんとにそう考えてくださるの」

千草は顔を輝かせた。

「そうしたほうがいいのではないか」

「あなた」

千草がすっと身を寄せてきた。そして傍目《はため》にわからないように、伝次郎の手を取り、指をからめ、

「嬉しい」

といって、いたずらっぽく首を竦めた。

光文社文庫

文庫書下ろし／長編時代小説

油《あぶら》堀《ぼり》の女《おんな》　剣客船頭《けんきやくせんどう》(十六)

著者　稲《いな》葉《ば》　稔《みのる》

2017年1月20日　初版1刷発行

発行者　鈴木広和
印刷　慶昌堂印刷
製本　ナショナル製本

発行所　株式会社　光文社
〒112-8011　東京都文京区音羽1-16-6
電話　(03)5395-8149　編集部
8116　書籍販売部
8125　業務部

ISBN978-4-334-77419-6　Printed in Japan

組版　萩原印刷

光文社時代小説文庫　好評既刊